『火の山』

炎はまるで、孤島にうち寄せる炎の波のように、山頂にむかって迫ってきつつあった。
（221ページ参照）

ハヤカワ文庫JA

〈JA799〉

グイン・サーガ⑩②

火の山

栗本　薫

早川書房

5647

THE FIRE OF FATE

by

Kaoru Kurimoto

2005

カバー／口絵／挿絵

丹野　忍

目次

第一話　暗い夜の底で……………………一一
第二話　怨　霊…………………………八五
第三話　火の山…………………………一五九
第四話　天　変…………………………二三五
あとがき…………………………………三一一

風雨をつかさどるダゴン三兄弟
……長兄　ダゴン　雨を支配する
次兄　ライダゴン　雷を支配する
三男　エルダゴン　雪を支配する

炎をつかさどる火神三人の姉妹
……長姉　レイラ　燃やし尽くす女神
次姉　フィステ　あたため焼く女神
三女　ディーガ　光により明るくする女神

火神には火の妖精たちをつかさどる妖精フレイアが、ダゴン三兄弟には風の精エルフたちをつかさどる妖精エルフレンがそれぞれ右腕として付き従っている。きわめて古い伝説では、ダゴンとレイラ、ライダゴンとフィステ、エルダゴンとディーガがそれぞれ婚姻関係にあるとされていた時代もあったという。

王立学問所発行「解説十二神・その他の神」より

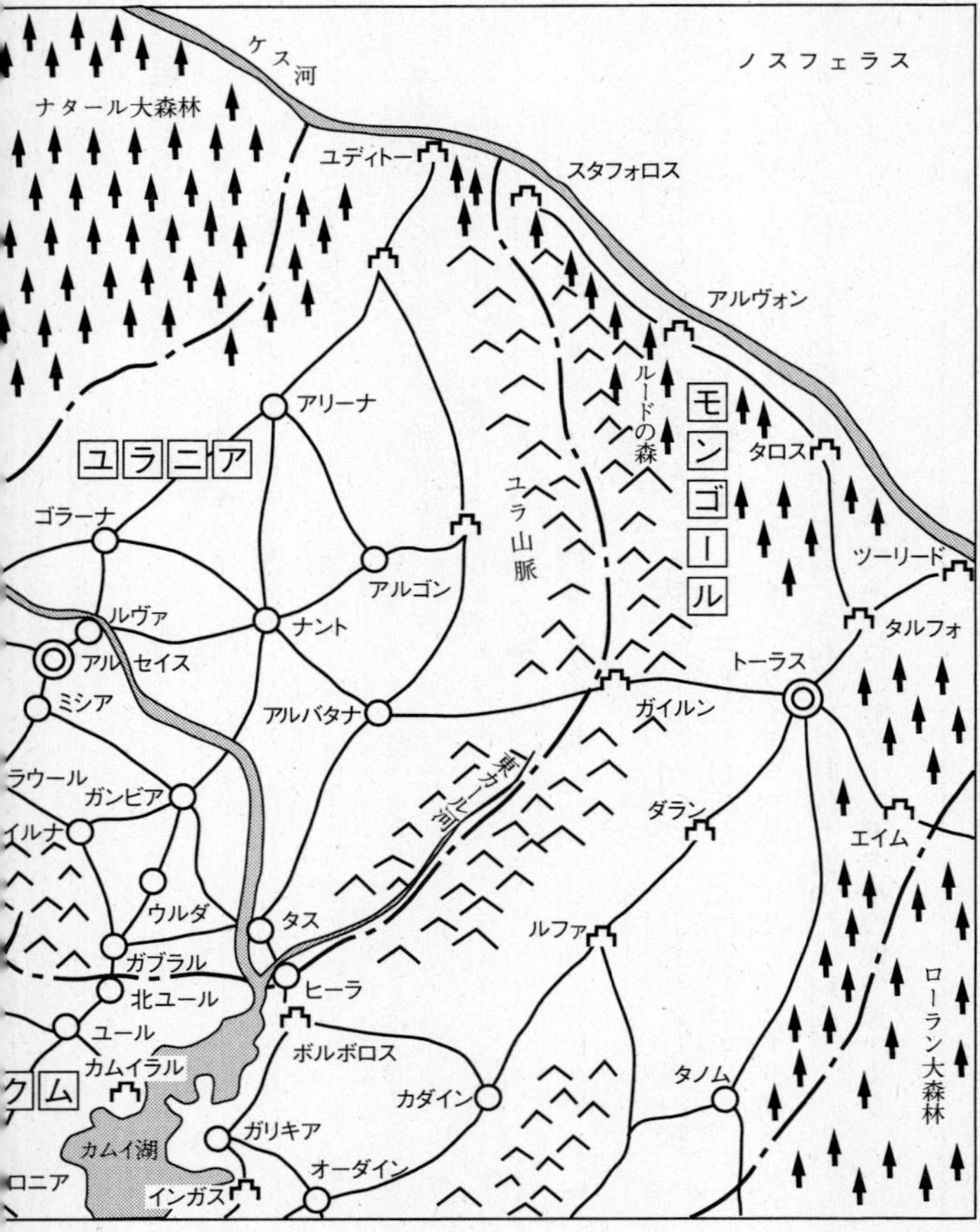
ケス河
ノスフェラス
ナタール大森林
ユディトー
スタフォロス
アルヴォン
ルードの森
モンゴール
アリーナ
ユラニア
タロス
ユラ山脈
ゴラーナ
ツーリード
アルゴン
ルヴァ
ナント
タルフォ
アルセイス
トーラス
ミシア
アルバタナ
ガイルン
東カール河
ラウール
ガンビア
ダラン
イルナ
エイム
ウルダ
タス
ルファ
ガブラル
ヒーラ
ローラン大森林
北ユール
ユール
ボルボロス
カムイラル
クム
タノム
カダイン
ガリキア
カムイ湖
オーダイン
ロニア
インガス

〔中原拡大図〕

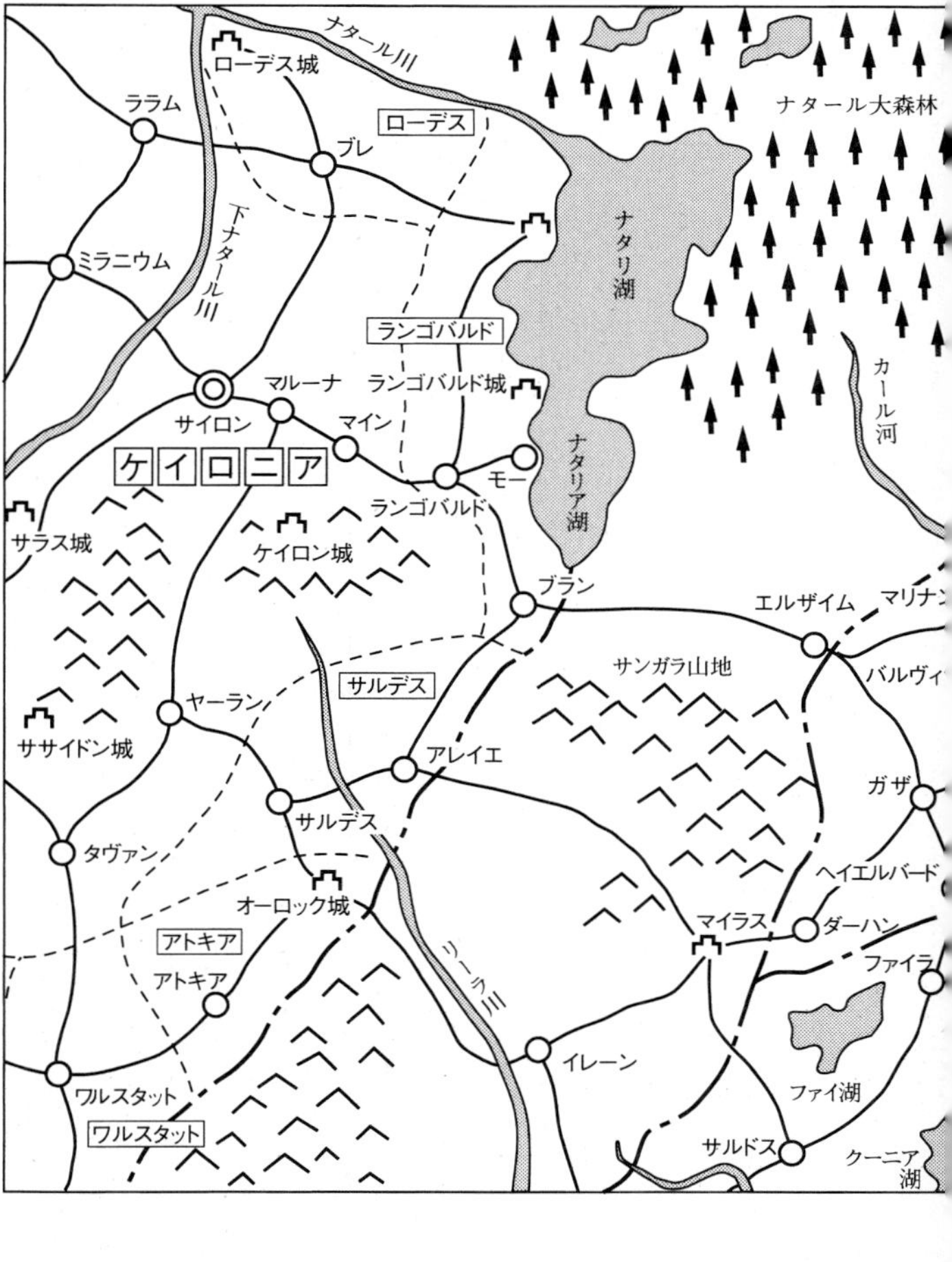
ナタール川
ローデス城
ララム
ローデス
ブレ
ナタール大森林
下ナタール川
ミラニウム
ナタリ湖
ランゴバルド
マルーナ
ランゴバルド城
カール河
サイロン
マイン
ケイロニア
モー
ナタリア湖
ランゴバルド
サラス城
ケイロン城
ブラン
エルザイム
マリナ
サンガラ山地
バルヴィ
サルデス
ヤーラン
ササイドン城
アレイエ
ガザ
サルデス
タヴァン
ヘイエルバード
オーロック城
マイラス
ダーハン
アトキア
ファイラ
アトキア
リーラ川
イレーン
ワルスタット
ファイ湖
ワルスタット
サルドス
クーニア湖

〔ノスフェラス〕

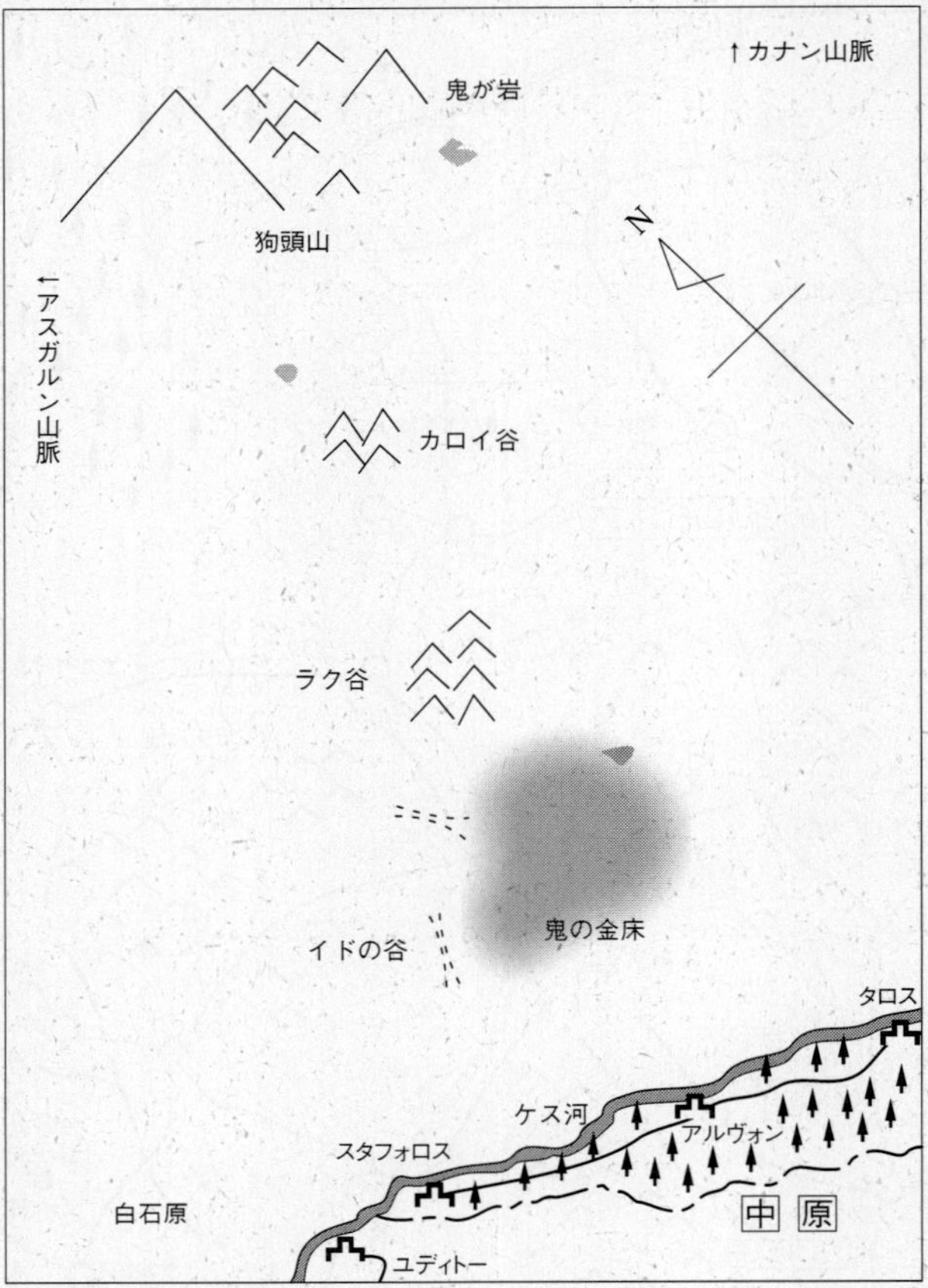

↑カナン山脈
鬼が岩
狗頭山
N
←アスガルン山脈
カロイ谷
ラク谷
鬼の金床
イドの谷
タロス
ケス河
アルヴォン
スタフォロス
白石原
中原
ユディトー

火の山

登場人物

グイン……………………ケイロニア王
スカール…………………アルゴスの黒太子
イシュトヴァーン……ゴーラ王
マルコ……………………ゴーラの親衛隊隊長。イシュトヴァーンの側近
ウー・ルン・ウー……ゴーラ軍大佐
グラチウス……………〈闇の司祭〉と呼ばれる三大魔道師の一人

第一話　暗い夜の底で

1

もしも――
この昏い空の高みから、いまだ夜明けは遠い闇に包まれているこの惑星を見下ろしている、翼ある生物がいたとしたら、そのものは、世にも奇怪な、ありうべからざる光景を見ることになったに違いない。
それは、真っ暗な、夜がおおいつくしている、どこまでもひろがっている森、その森におおわれた山々の一個所に、突如として、出現したこうこうたる真昼であった。
いや――それは、その暗闇のなかに神々の手によって焚かれた、おそろしく巨大なかがり火か――とも、その生物は思ったかもしれぬ。それから、そのあまりの巨大さに、そのように巨大なかがり火を焚くものがあるものかと、おのれの目をこすって、見直してみたかもしれぬ。

そしてもしもその生物が、その巨大な翼をひろげて、気まぐれにそのかがり火のありさまを近く寄ってみようと舞い上がり、その近所に舞い降りようとしたときには、生物は、いきなり、その炎の上空に渦巻く熱風――そして、たちのぼる黒煙、白煙、おびただしい煙の渦に圧倒されて、あわててそこから遠のいて咳き込んだかもしれぬ。

そして、また――もしもその生物が、するどい視力を持っていたとしたら、そのものは、その、上空からは巨大とはいえごくささやかなかがり火と見えたそれが、近づいて見たらば、あっと驚くばかりに広範囲にわたって、ごうごうといつ下火になるとも知れぬ激しさで燃えさかり、燃え狂っている山火事そのものだったのだ、ということに気付いて、驚愕の声をあげたかもしれぬ。それほどに、その山火事は、巨大で、しかも衰えを知らぬものであった。

真っ暗な夜のなかに出現した時ならぬ真昼のなかで、近づいてみると、おもてもむけられぬ猛火のなかで、バタバタ、バサバサとたいへんな騒ぎがおこっていた。平和な眠りを破られたさまざまな鳥ども、虫ども、さらにぶきみな蛇だのヒルだの、小動物たちだのが、必死になってねぐらから飛び出して来、突然に襲いかかってきた猛火から逃れようと狂ったように走り回り、飛び回り、飛び立ちつつあったのである。

なかには、すでに遅く、すべてをなめつくす劫火に飲まれて一瞬にして黒こげになってゆくものもいる。また、空高く逃げ道を求めて飛び立ったものの、もうもうとあがってくる煙にまかれ、苦しみながらきりきりまいをして炎のなかにおちてゆき、やはり一瞬にして燃え尽きてしまうものもいる。修羅とも地獄とも、云おうようないその光景は、さながらこの世の終わりを思わせた。

　もしもその光景を目のあたりにしている吟遊詩人がいたとしたら、いったいどのようなことばでもって、この文字通り筆舌につくしがたい情景を描写しうる、と考えただろうか。およそこの想像を絶する光景を残りなく語りつくすことのできることばなど、決して存在しない、という絶望こそが、どのような天才的な語り部をもとらえてしまったかもしれない。それほどに、それは、すさまじくも恐しく、しかもなおかつ魅惑的といっていい光景でさえあった。

　ぱちぱちとすべてのものを飲み込み、焼き尽くし続けてゆく炎は、真紅からオレンジ、そして黄金色までのありとあらゆる赤系の色をひっきりなしに溶きこんだ絵の具のように、色をかえ、そのなかにあらたな餌食をとりこんでくらいつくしてゆく。生木も、枯れてすでにそだと化している木も、下生えも、さらに恐しいことにすべての森にすまい、木々のなかに身をひそめている生物たちも、その炎からまぬかれることは出来なかった。

　炎の上空にはもくもくと黒煙、白煙がおびただしくあがっているが、黒煙のほうはすでに真っ暗な夜空にまぎれてあまり見えぬ。だが白煙はそれこそまるで火山が噴火でもしたかのようにあとからあとから、もくもくと昏い夜空にたちのぼりつづけている。いったい、その炎がすでにどのくらいの面積の森をなめつくしているのか、その中で、どのくらいの生物たちが焼死し、焼き尽くされ、むざんにも焼けぼっくいと化してしまったのか、とうていはかり知ることは不可能に思われた。

すでに最初の山火事の炎がこのユラス山地の一個所に燃え立ちはじめてから、一昼夜以上がたっている。最初はごく遠い小さなかがり火でしかないように見えていたものが、しだいにどんどん燃え広がり、ひろがるにつれてどんどん巨大化し、ひろがってゆけばゆくほど、おのれ自身の規模そのものによって、拡大する速度と比率が飛躍的に増大しつづけ、そして、それにつれてどんどん炎の量と勢いとは激しくなりまさってゆくのだった。

すでに一昼夜を燃え続けて、いっこうに火は弱まるようすを見せていない。山はだをなめつくし、すでに燃えるべきほどのものはすべて燃やし尽くされた、最初の被害にあった部分だけはそろそろ黒々と炭化した木々と、あとものこさずに燃え尽きた鳥獣たちの残骸がぶきみに積み重なってその下のほうでなおもふつふつとおきが赤く燃えている、凄惨な廃墟の様相を呈しはじめているけれども、燃やされている木々のほとんどが生木であるだけに、いったん火が燃えつくと、燃え続ける時間が恐しく長い。

ことに中にはとても太い木もあれば、またそのまわりにびっしりとコケやツタを生い茂らせた大木、古木も多かったので、そうした木はいっそう、いつまでもいつまでもくすぶりながら燃え続けていた。

これだけの範囲にひろがると、当然そのなかには、人に知られぬ小川もあれば、ひそやかな泉もある。だが、それもまったく、これだけの火の猛威をくいとめる役になどたちはしなかった。むしろ逆に、この猛火に舐められて干上がり、川の中の魚たちまでも焼き尽くされて消えた。ひとつだけ幸運といえば云えたのは、これだけの広範囲の山火事となっても、そこはもとより無人の大森林地帯であったので、人家や、人間への被害はまったくなかったであろうことであった。もっと、モンゴールの中心部に多少なりとも近い地域であったら、かなり人里はなれたところまでも、開拓してぼちぼちと人の暮らしをいとなんでいるわずかばかりの集落などもあったかもしれないが、このあたりは、本当に、人跡未踏といってもいいほどの、完全な原野、太古からそのままに木々と野生生物だけが生まれてきては死に絶えてゆくことをくりかえしている原始林であったからである。もしもこれだけの猛火が、万一にも人里近いあたりでおこったとしたら、それこそたいへんな恐慌がまきおこっていたに違いない。人家、集落が蝟集《いしゅう》しているような地方でおこったら、いったいどれほどの惨憺たる大被害がおきていたか、想像するさえも恐しいことであった。

だが、これだけの大火を見守る人間もおらず、したがって、それについてあわてふためいて仲間に知らせに走るものもいない。——ただ、猛火はごうごうと音たてながらすべてのものを焼き尽くし続け、炎という名の巨大な生物ででもあるかのようにまわりじゅうのものみなをくらいつくしてはどんどん周囲へと拡大しつづけ、そして木々は身をもだえ、身をよじりながら白い肌をみせて焼き尽くされてゆき、ばらばらと火の粉が散りしき、鳥獣もさらに小さな無数の昆虫どもも、すべて逃げ場を失って異様な声をたてながら焼き滅ぼされてゆくばかりなのである。そのさまを見届ける証人たるべきひとの目もないままに、ほとんどひとつの山全体、この地方全体といっていいほどの広大な地域が、炎のなかで滅びてゆこうとしているのだ。

それは、あたかも、伝え聞くヤヌス十二神にそむいた魔神である、呪われた火の女神レイラがその奔放な怒りをときはなち、この不幸な山林にむかってほとばしらせたかのようであった。尽きることを知らぬレイラの怒りにあって、この地上のすべてが燃やし尽くされ、ひとたびはヤヌスの神々たちでさえこの地上を去って天上に逃れた、というあのもっとも古い創世記の神話のさまそのものででもあるかのように——あるいはもっと古い、この惑星そのものがいまだ炎に包まれた溶岩のかたまりであったころのそのさまでもあるかのように、めらめら、ごうごうと燃え立つ炎は、いっかな勢いを弱めることもなく、ひたすら周囲へ、周囲へとあらたな獲物を求めて燃え広がってゆきつづけた。

もっとも、いかな大火といえども、ユラス山地の突兀《とっこつ》たる岩々のそびえるばかりの山頂につきあたれば、そこには何も燃やすべき木々もなく、そのままそこで途切れざるを得なかったかもしれぬ。だが、それまでには、まだまだ、何十モータッドも木々が密生した山肌を攻めのぼらなくてはならぬ。また、東にむかって風がかわれば、それはいずれは、ふもとの草原に及び、野火となって、さらにはあの神秘の大密林、ルードの森にまでも到達するかもしれぬ。——いまは、ずっと北西への風が吹いている。最初は西向きだった風が微妙に北西にかわり、そして、そのゆえにいっそう、炎はルードの森とユラ山系とのあいまの山肌をなめあげるように燃やし続けながら、ゆるやかに北上しつづけているのだ。

だが、ひとたび風が変われば——

それとも、すでにひとの手でも、神の手でも如何ともしがたい勢いとなってしまったこの宿命の劫火を、強引にねじふせ、叩きつぶすべき、神々の猛雨が訪れるのが早いか。いずれにもせよ、炎はいっかな、弱まる予兆もみせぬまま、ごうごうとあたりの山林をいけにえに飲み込み続けている。すでに一昼夜を経て、さらに次の夜をも燃え続け、炎はついにはこの地域全体を、生命あるものの気配さえもない死の荒野にかえてしまう固い意志によって進んでいるのかとさえ、思われる勢いであった。

「グイン」

むいた。

スカールのいくぶん力を喪った声がうしろから、グインを呼び止めた。グインはふりむいた。

「どうした。休むか」

「ああ。出来れば。そろそろ、また、怪我人どもが限界だ」

「わかった。小休止しよう」

グインはうなづいて、馬から下りた。常日頃のせることのないとてつもない重荷を健気に引き受けて、懸命に山道をのぼっていた草原の馬が、ほっとしたように、低く鼻をならす。グインはその鼻面を優しくなでてやった。

「よし、よし。重かったか。すまなかったな」

「おぬしの、馬の扱い方は草原の騎馬の民のそれと変わらぬ」

一瞬の微笑をみせて、スカールが云う。黒いこわいひげと黒く日にやけた肌、黒づくめのぼろぼろのターバンと首にまきつけた黒い布、黒尽くしの中で、白い歯だけが暗闇に浮く。

「どこでそのように、馬にちゃんと話しかけることを習った。――それがあれば、草原の馬どもは、おぬしの大きさの違いにもかかわらず、おぬしを草原の、おのれのあるじの一員と認識することが出来る。かれらは、石の都の物知らずな連中が思っているより、ずっと知能が高い」

「べつだん、習ったわけではないが」

グインは笑った。それから、心配そうにスカールを見やった。

「だいぶお疲れだろう。ともかく、部下のかたがたより先に、スカールどのが身をよこたえることだ」

「なに……」

スカールは、くやしそうにまた白い歯をみせた。

「きゃつに、いいように操られてたまるか、と思うので、きゃつのくれたくすりをあまり服用するのは業腹なのだがな」

吐き捨てるように云う。

「しかしこのさいは、なんとしてでもともかくこの場を切り抜けるまでは俺の体が動かぬことにはどうにもならぬ。――なんだか、ちょっとじっとしていると、すぐにあたりがキナくさくなってくるように思われてならぬ」

「それは、錯覚とはいえぬだろう」

グインは、ちょっと頭をもたげて、遠い空気のにおいをかぐようなようすをした。

「確かにここいらあたりでも、まだきなくさいにおいが空気にひそんでいる。――俺たちはたえず風向きを気にしながら風上のほうへまわりこめるよう針路をとってきたはずだ。だが、このあたりでもこうしてきなくさい煙のにおいを感じる、ということは―

―」

「風が変わるか、それとも」

「これだけの大規模な山火事になると、どこにどう飛び火した火があらたな部分にあらたな火事となって燃えひろがらぬとも限らぬ」

グインは難しい顔で云った。

「本当は、ユラ山地をこえて、ユラニア側に出ることが一番安全なのだろうが、そのためにはいまのわれわれ一行には負担が重すぎる。――大半が負傷し、なかに重傷者をかかえているこの状態では、本当の山頂をこえるきびしい山登りの道は無理だ」

「なんだか、イヤな予感がするのだ。グイン」

スカールはつぶやくように云った。

「たかが山火事などと甘く見てはまずい。俺はもとより草原の民、それほど山深いあたりの事情に詳しいわけでもないが、逆に、俺たちが生きてきた草原では、ときたま春などに、風の強いとき、草原の大火を招いてしまうことがある。山火事のように大きな木が燃えるわけではないから、比較的おさまりやすいが、そのかわり燃え広がる速度は格段に早い。それで、思わぬ大災害になることがままあって、おそれられている。この空気の気配を感じていると、なんとなく、そのことを思い出されてならぬ」

「ウム……」

「といって、確かにおぬしのいうとおりだ。この上、この山道を、馬どもをいそがせるわけにはゆかぬ。重傷のものたちにとっては、ただ移動させるだけでもきびしい試練だ。すでに、移動がはじまってから、三人があらたに死んだ。それはあきらかにこの強引な移動のせいだろう。だからといって、どこか安全なところ、というのが見いだせぬ以上、怪我人たちだけをどこかに置いてゆくというわけにもゆかぬ」

「そうだな……」

グインはまた、空気をかぐようなようすをした。

「なんとなく、このところ、妙にあたりがあたたかいような気がせぬか？　スカールどの」

「ああ。それは俺も感じていた」

「このあたりから見下ろしたかぎりでは、山火事はまだ遠いはずだが――というよりも、どんどん火から遠ざかる方向へ逃げてきているはずだが、もし万一風が一気にかわろうものなら――」

グインは想像したくない、というように首をふった。

「まあいい。ともかく、風がいつ変わるか、変わらぬかなどということは我々では対処のしようもない。それについては、運を天にまかせるしかあるまい。――逆にまた、山火事がひろがってしまえば、とうていゴーラ軍の追手はわれらに迫ることが出来なくなる、その意味では、天の助けになるかもしれぬ」

「まあ、二つにひとつ、ということだな」

スカールは豪胆に笑ってみせた。だが、そのおもてには、からだの弱りのためばかりではなさそうな、いくばくのかげりがあった。

「だが、まだどうも足をとめて、ゆっくりと部下どもを休ませてやるのがこころもとない。——といって休ませてやらねば、怪我の重いものからどんどんからだが弱り、死んでゆくものが増えよう。ぼちぼち休んではまた先を急ぐ、というはかのゆかぬ方法で、なるべく山火事ともゴーラ軍とも距離をとるほかせんかたないが……」

「道はだんだんのぼりになってけわしくなってきている。その上に、だんだん細くなり、行軍がどんどん難儀を増している」

グインは心配そうに目を光らせた。

「そのことを思うと——だが、それもいっても仕方のないことだな。下りの道をとれば、山火事に突っ込みかねぬ。いずれはどこかで峠をこえて、ユラニア側に出なくてはならぬ。俺はわからぬが、スカールどのなら、このユラス山系という山脈のどのあたりなら、比較的ゆったりとした峠道になっているか、おわかりだろう」

「正直、それほど詳しい訳でもないが——まあ、われわれがとりついたあたりが一番逆にけわしいあたりだった、ということは云える。少しづつ南下しながら、となりの峰とのあいだをねらってゆけば、もうちょっとは楽に峠道をこせるだろう——だが、もうひとつ困った問題がある」

「と、いうと」

「水が、もうじき、切れる」

「水が」

「ルードの森でさいごに補給して以来だ。馬どもには、ユラ山麓の平原に出たときにささやかな泉があった、あそこで飲ませてやれたが、我々はあまりくつろぐいとまもなくゴーラ軍があらわれたから、水袋にいっぱいにするゆとりはなかった。それまでの分をちびちび使いながらやってきたが——あいにくと、あの洞窟で休んだときに、怪我人を手当するのにかなり水を使ってしまった。あとは馬も、われわれもかなり節約しながら飲んできたが、そろそろ明日朝あたりには底をつく。——それまでに、どこかで補給するといっても——この山道のどこにゆけば、川があり、泉があり、水にありつけるのか、わからぬ。食べ物のほうは逆に、かなり馬が死んだので、馬の肉を生のまま、しっかり包んで鞍につけてきたので、まだ当分大丈夫だが」

「失礼だが、騎馬の民とあるからは、馬の肉は口にされぬのかと思っていた」

「むしろ、食ってやることで、おのれの体内に、われわれのために死んだ馬のいのちをとりこみ、ひとつになってとむらってやるのが、騎馬の民のやりかたなのだ。グイン」

スカールは云った。

「まことに食い物がなくなれば、死んだおのれを食ってくれと人も言い残す。まあこれは騎馬の民の風習といっても、かなり限られたもので、いまの草原のアルゴスなどでは、もうほとんど石の都の者達と同じような生活ぶりになってしまっているから、そのようなことを望むものもいまい。──それまでは、死者は草原に葬るだけでなく、大昔はもっぱら、山にもっていって、風にさらし、鳥どもの供養とした。別の生き物に食われてそのいのちを養うことにより、生き物を食っておのれのいのちを養ってきたわれわれのいのちの輪廻が完結する。──そしてまた、それによって別のいのちとなってよみがえってくる。草原の神モスの御心は、そのようにして、万物が万物とかかわり、流転してゆくことをよしとする」

「なるほど……」

「愛した馬であればあるほど、それを食っておのれのなかにとりこんでやりたい、と我は思うのだ。グイン」

スカールは静かに云った。

「ゆかりもなき鳥どもを養うよりは、まことはおのれが愛したものたちをこそ養いたい。われわれは死せば草原の大地にかえり、養分となって草を養う。そうして生いしげった草が馬ども、獣どもを養い、その獣どもがわれらを養う。──われらは、そうやって流転してきたと思っている」

「美しい考え方かもしれぬ」

「そう思ってくれれば嬉しい。それにしても」

　スカールはいくぶん奇妙な笑いを漂わせた。

「こうして話しているかぎりでは——さきほど山火事について話していたときでも、おぬしの判断力や知識などにこれっぽっちも異常があるとは思われず——それゆえ、べつだん疑うわけでもなんでもないが、信じがたい思いがしてならぬ。おぬしは、まことに記憶を失っているのか。そんじょそこらのただの人間よりも、何倍もおぬしの判断力や知識のほうが確かではないかと、俺には思われるのだが」

「判断力については、それはたぶん記憶の助けをかりているものではないようだ」

　グインは苦笑いして答えた。

「知識については——俺にもよくわからぬ。俺の脳の、いったいどの部分が傷つき、混乱し、記憶を失ってしまったのか、どの部分はそのまま生きていて、稼動しているのか、ということが、どうも俺自身にもよくわからぬのだ。だが、ともあれ、確実なのは、俺がもっとも失っている記憶は、俺個人の身の上や、身辺のことにまつわる、もっとも日常的なものについてだ、ということだな」

「それは、不便だろう——だが、こうしてともに旅をしているかぎり、おぬしのどこかにそのような故障があるとは、まったく信じることが出来ぬ。おぬしはとても頼もしく、それに確信にみちているように思われるのだがな」

「中身は混乱のきわみ、不安と焦慮のかたまりだ」

グインはまた苦笑した。

「スカールどの。怪我人たちにとっては、休める時間は一刻でも長いほうがよろしかろう。それは切実にわかるゆえ、このようなことを云うのはしのびないのだが――なんだか、あちらの空が、妙に明るいのがさいぜんから気になってたまらぬ。――あちらは東ではない。東の空はまだまだ暗い」

「おお」

スカールは腰をおろしてつかのまの休息をとっていた小さな岩からいそいで立ち上がり、グインの指さす南のほうの空をみた。

「確かに――」

「あのあたりがあんなに明るいのは、どう考えても、あのあたりにまで炎がひろがっているからとしか、考えられぬ。――だとすると、思ったより近い、かもしれぬ」

「ああ。そうだな。――ウム、そろそろ出発するか」

「しかしこのまま、一夜としてまともに眠ることのできぬような状態で、少し休んではまたよろよろと馬にのせられて困難な山道を苦痛をこらえて進む、というようなことばかりが続いていると、それほど怪我の重くなかったものまでも、怪我の回復するゆとりがほとんど見込めない」

　グインは暗澹としたおももちで云った。

「峠をこえるまでは、仕方があるまい」

　かえってスカールのほうが、さばさばと言い放つ。かたわらで、騎馬の民の、数少ない無傷でスカールの身辺の面倒をみるためによりそっているものたちも、ひげづらを大きくうなづかせる。

「山火事に焼き殺されるよりはマシだろう。よし、行軍再開だ。――さぞかし、辛かろうが、もうちょっとだけ頑張ってくれ。もう少しゆけばもう少し安全が増すだろう。そうしたら、無傷のものに水を探しにやらせる。それが戻ってくるまでは休めるからな。もうちょっとすればもう少したっぷり休める。なんとかして、それまで、頑張るのだ。助けあってな」

「ウラー」

「スカールさまのおおせのままに」

　怪我人たちの口から、弱々しい、だがはっきりとした声がもれた。

「よし、行くぞ」

　その命令にしたがうべく、よろよろとかれらは身をおこす。重傷者はもとよりだが、かなり怪我をおっているものや、数少ない無傷なものたちまでも、ずっと休むこともできぬ逃避行のきびしさにしだいに衰弱してきている。だが、草原の騎馬の民の誇りにかけて、かれらはそれをおもてに出そうとはしない。それがいっそ、グインの目にはいたましいものにうつる。

(なんと、数奇な運命をたどる者たちなのだろう――)

黒太子スカールにつきしたがってケス河をこえ、ついにはルードの森をも、ユラ山地をも踏み越え――そしてなおも流転の苦難にみちた旅が続いてゆくのだ。その旅には終わりはあるのだろうか。

そのような、はてしもない思いが、グインをとらえた。おのれ自身もまた、はてしない流転のさなかにありはしたのだが。

相変わらず空気は変にあたたかく、そのなかには、ぶきみなキナくさいにおいがはっきりと混じり込んでいて、かれらがまだ、安全な場所にいるとはとうていいえないことをはっきりと告げ知らせるかのようであった。

2

「グ——イン……」

ふいに、かすかな声が寝台のほうからもれてきて、マルコははっと飛び上がった。

「陛下！　イシュトヴァーン様！　お気づきでございますか！」

「グイン——畜生、貴様……」

「お静かに、副将」

軍医として、この部隊につきしたがってきているのは、ユラニア人のウー・ルン・ウー大佐一人だけだ。

それももともとは、本当の専門の医師というわけではない。一応手当の心得があり、手術も多少は経験がある、ということで、万一のときには軍医の役をもつとめるように、という命令をうけて従軍してはいるが、本来の地位は第四大隊の副隊長である。が、予期せざるイシュトヴァーンの負傷によって、ずっと本営に詰め切りになっていた。いまや、ゴーラ軍にとっては、ウー・ルン・ウー大佐だけが頼みの綱のありさまなのだ。

「まだ、意識は取り戻しておられません。――あまり、ご容態は思わしくないようです」

「大丈夫ですか」

聞いても無駄と知りながら、マルコは必死な声を出した。

「陛下は、おいのちには別状ないのでしょうね？　おいのちそのものは、無事にとりとめられるのでしょう？　そうなのでしょう？　ウーどの」

「まだ、お若いですから……」

ウー大佐は、困惑した声を出す。ずっと、トーラスの手前のタルフォの砦のなかで、もう二日、不眠不休の手当を続けて、大佐も疲れきっているのだ。ルードの森の暗黒の深部をかろうじて脱出し、ほそぼそと続く街道にそってタルフォまではなんとかきたけれども、そこで、「これ以上馬車でであれ、陛下を動かすことは危険」であるという、ウー大佐の診断があって、途方にくれたマルコの判断で、ゴーラ遠征部隊はそこから最寄りのタルフォの砦に入った。タルフォには、若干の留守部隊、後方支援の補給部隊を置いてあったのである。だが、まさか、このような展開を予期してのことではない。もともとはタルフォ砦にはモンゴールの辺境警備隊が駐屯していた。トーラスからもっとも近い砦であるから、このタルフォ砦にいったん多数の辺境警備隊が集結してから、アルヴォン、タロス、ツーリード、場合によってはスタフォロスの砦などの、もっとも辺境のはずれ、国境に近い各砦へと、部隊がそれぞれにふりわけられて出立したり、交代の部隊が戻ってきたりという、いわば中継地点としての役割を一個所で担っていたのが、タルフォ砦だったのである。

だが、ゴーラのモンゴール占領によって、辺境警備隊も多くは解散させられ、任を解かれている。また、タルフォは北方へのかなめとなるし、トーラスの北の守りとして重要でもあるところから、イシュトヴァーンがモンゴールの辺境警備隊をすべてトーラスに送り返し、かわりにゴーラ軍の二個大隊を駐屯させてあった。それより以北のアルヴォンやタロスの砦については、正直のところ、イシュトヴァーンは気にもとめず、ほったらかしてあった、というのが、実状である。が、トーラスとの連絡も途絶しているいま、そうした辺境の砦がどのていど、機能をいまだに維持しているのかについては、誰も知らなかった。

いずれにせよ、もしかしたら、場合によってはいま、グインとの戦いに敗れて重傷を負ったイシュトヴァーンを運び込むには、トーラスよりも、このタルフォのほうがかえって安全なのではないか、いや、ここは、旧モンゴール領内のなかで、唯一もっともイシュトヴァーンを多少なりとも安全に看病できる場所なのではないか、というのが、いまや重傷に倒れたイシュトヴァーンにかわってゴーラ遠征軍の全権をあずかる最高責任者たらざるを得なくなった副将のマルコの、とっさの判断であった。

トーラスには、多数のゴーラ軍の留守部隊も駐屯しているけれども、その分、旧モンゴールの反ゴーラ勢力もきわめて多く潜伏している。その、対ゴーラの反乱の火の手をあげた中心人物たるハラスをとらえ、陣中に同行している、しかも反ゴーラ勢力が何よりもにくみおそれ、うらみ、呪っている最大の対象にして、ゴーラ軍にとっては守護神そのものであるイシュトヴァーン王が重傷にたおれ、瀕死の病の床にある、というような情報が流れようものなら、ただちにすべてのモンゴールの反ゴーラ勢力は集結し、手を組み、いまこそモンゴールの独立と、ハラスを取り戻し、イシュトヴァーンをうつ最大の好機と総結集するであろう。

（正直いって、俺では……）

はるかなパロで、一介の魔道師の身ではからずも宰相という重大任務をおしつけられるはめになったヴァレリウスの嘆きは、そのまま、ゴーラ軍におけるマルコ准将の嘆きでもあった。

いや、その嘆きは同じでも、嘆きと当惑の深さにおいては、かえってマルコのほうがまさっていたかもしれぬ。

（冗談じゃない……俺は、ただの船乗りなんだ。――ヴァラキア生まれのただの船乗り、軍人でもなけりゃあ、政治家でもない、もちろん大将でもなんでもない……そもそも、イシュトヴァーン陛下のおそばにいるようにおおせつかったのだって、カメロンおやじの内命で、お前、同郷のよしみでイシュトのそばについてやれ、それとなくイシュトの動向を俺に報告してくれ、という……)

だが、やはり同郷人ゆえにイシュトヴァーンの信頼があつかったのか、それとももともと、おだやかでほとんど激することのないマルコの落ち着いた性格が、激しやすいイシュトヴァーンにはことのほかうまがあったのか、イシュトヴァーンは、ことあるごとに「マルコ、マルコ」とマルコを手放さぬようになってしまった。そして、ついには、副官として、准将にまでおおせつかった。

ことに、クムと、そしてマルガへのひそかな旅に同行して、二人きりの長旅を経て以来、すっかりイシュトヴァーンはマルコに気を許したようだ。また、ことのほか、イシュトヴァーンという男は、そのときどきに、「その時のたった一人の特別な人間」というもの——いうなれば『お気に入り』を作る習性が強い。誰も知らぬ少年時代の、海賊の相棒ライゴールのランをはじめ、ときにはそれは少年のリーロであったり、少年時代のヨナであったり、カメロンであったりするが、孤独な彼にとっては、そういう『特別』のごひいき、というべき人間がそのつど、一人は必ずいないと、不安で耐えられなくなるようだ。そして、マルガから戻って以来、もうずっと、その《お気に入り》は、マルコ准将であった。夜な夜な酒の相手をさせたり、打ち明け話をしたり、ひとりごとのかわりのような、あれやこれやの思念の流れをすべて打ち明けたり——そういう相手がなしでは、イシュトヴァーンはいられないのだ。そして、そういう相手を身近においておくために、ありとあらゆる便宜をはかる。

マルコにしてみれば、いつのまに自分が准将などというものになり、そして、イシュトヴァーンの副官として重用されるようになってしまったのか、狐につままれたようななりゆきといってよかったが——彼の意識はいまだに、カメロン船長の部下の一船員であったのだから——だが、いつのまにか、そのようなことは云っておられぬ立場にまで、マルコは追い込まれている。

まったくなりゆきも性格も違うとはいえ、ある意味では、グインの副官であったげんざいの黒竜将軍、トールもまた、マルコやヴァレリウスのような、予期せざる展開によって出世してしまった存在ではあったが、もとより職業軍人であるトールは、それなりに副将としての役目を果たし、思いがけずグインの指名によって黒竜将軍に昇格した当初はめんくらっていたものの、いまとなってはそれなりの立派な風格をそなえた将軍となってきている。また、ヴァレリウスも当人の嘆きとは別に、宰相としての重責はいや増すばかりであり、似合わないだの、向いていないだのとは、云えた立場ではなくなってきている。

その意味では、三者三様とはいうものの、マルコにとってが、もっとも運命は苛酷かもしれなかった。マルコは、もともと、ヴァレリウスのように魔道師であったり、トールのように傭兵の職業軍人として、少なくともその職場にあったりさえしたわけではなく、まったく当人の意識としてはただの船乗りであったからである。

（いったい、いつのまに、こんなことに……なんだって、こんなはめに、俺が……）

だが、マルコにせよ、これだけ長年イシュトヴァーンのかたわらにいて、気儘で激情家のイシュトヴァーンの内心の葛藤や迷いや、また人をひきつけるその魅力などもそのままありのままにぶつけられ続けてきている。情が移っていなかろうはずもない。いや、ある意味では、マルコのほうも、イシュトヴァーンとともにした日々のなかで、しだいに本来の主人であったはずのカメロンよりも、イシュトヴァーンの右腕、腹心、《お気に入り》という立場に、馴れ、イシュトヴァーンにすっかりひきつけられてはいるのである。

しかし、それはあくまでもイシュトヴァーンが元気に王として、大将として君臨していて、そのかたわらにあって、副官——というよりも、イシュトヴァーンの身辺の世話だの、その腹心の相談相手だのをつとめていての話だ。

（俺は、そんな……軍事的なことなんか、何もわからないんだ。そんな訓練だって受けていないし——どうしたらいいんだろう。こんなときに、イシュトヴァーン様が——何か、とんでもない間違いをしでかしそうだ……）

そのような、マルコの怯えと不安など、しかし、若い者ばかりのゴーラ軍は知るすべもない。想像もつかぬ。

それどころか、かれら自身が、敬愛する——というよりも、ただ彼ひとりを頼りにして信じてこんなところまでもついてきたはずのイシュトヴァーンの負傷、しかも重傷、というなりゆきに狼狽し、動転しきっている。ウー・リーなどはさすがにそんなこともないが、若手の隊長たちのなかには、すぐにもモンゴールの反乱軍に取り囲まれて惨殺されてゆく、というような恐慌にとらわれているものもいるようなのだ。だが、一応一番頼りになるウー・リーも、役名は将軍となっているものの、まだたったの二十三歳、アルセイスの下町の不良少年あがりの、これまた大した訓練も受けていない若者にすぎない。一応イシュトヴァーンの苛酷な訓練を受けて、これまでは一応隊長としての任務をこなしてきてはいるものの、イシュトヴァーンにかわって全軍の指揮をとったり、判断を下せるような器とは、マルコには実のところ思えない。

(いや……そんな器のある人間なんか、いまのこのゴーラ軍にいるものか……)

それどころか、イシュタールに戻っても、アルセイスに戻っても、ただひとりを除いては、まったくそんな、指揮官の器の人間などいないのではないか——いまのうら若いゴーラには、文武ともに、まったくといっていいほど、知識と経験が欠けているのではないか、ということは、つねにマルコはひそかに思わざるを得なかったのだ。その、ただひとり、とはいうまでもなく、敬愛するカメロン船長——いや、ゴーラの宰相カメロンであったが。

（そうだ……親爺さんにどうしたらいいのか、至急急使をたてて……指示を仰ごう。イシュトヴァーン陛下が重傷、ときいたら――もしかしたら、船長みずから、兵をひきいて来てくれるかもしれん……）

マルコはそれだけ思いつくと少しだけ明るい気分になって、急いで何人かの急使をイシュタールに走らせたのだった。だが、そのほかには、どうしたらいいのか、よくわからなかった。これまで、とにかく、ゴーラ軍の動きというものは、何から何まで、イシュトヴァーンがただひとりで誰にも相談ひとつせずに決めていたからである。

そのイシュトヴァーンは、しかし、グインに脾腹を差し貫かれて倒れた最初のうちは、出血多量ながらも意識ははっきりしており、懸命に戦いを続けさせようとしていたが、そのうちに意識を失ってしまった。そのまま、あわてて手当したが、意識はずっと戻らない。ときたま、朦朧としたまま目をあいたり、さきほどのように何か口走ったりもするが、ほとんどそれは意味をなすことばではないし、それに意識そのものが戻ったのではない証拠には、いくらマルコが必死に「陛下、イシュトヴァーン陛下！　お気を確かに！」と呼びかけても、答えない。ただ、朦朧とおのれの夢のなかで誰かに呼びかけたり、何かつぶやいたり、呻いたりするだけだ。

苦しいのだろうか――タルフォの砦のもっとも奥まった、もっとも安全だと思われる本丸の一室で、寝台によこたえられたまま うつらうつらしているイシュトヴァーンの青ざめた力ない顔を見守りながら、マルコは考えた。それとも、苦しい、と思うほどの意識もなく、ただ朦朧としているだけのことなのだろうか。

おそらく当人にとっては、そのほうが楽というものだろう。ウー大佐が軍医として出来うるかぎりの手当をしているとはいうものの、タルフォ砦でもそれほど医療設備が充実しているわけでもない。意識が半端に戻れば、当人がとても苦しいめにあわなくてはならないだろう。

(ウー大佐というのも、あてになるのだろうか？　しきりと、陛下はお若いから、体力がおありだろうから、とくりかえすばかりで――熱が出れば冷やせ、唇がかわいたらしめしてやれ、それればかりで……あとは薬をぬって回復を待つだけだなどという……原始的な……)

このままにしておいていいのだろうか。

といって、医学の心得などむろん毛頭ないマルコには、いっそう、そのイシュトヴァーンの容態の本当のところはわからない。

もうずっとうつらうつらしながら呻いたり、あるいは深い昏睡に陥っているだけなので、イシュトヴァーンにいろいろな指図をあおぐことも当然できない。心配と心痛のあまりマルコはずっとイシュトヴァーンの病室につききりで、小姓たちにもまかせず、夜も自分がずっと寝ずの番で看病していたが、マルコに出来る看病というのもまた、ウー大佐のいうとおり、唇をしめしてやったり、額にあぶら汗がにじめばそれを拭ってやったり、ときたま声をかけたり、するばかりであった。それ以上にどうすることが、病人にとっていいことなのか、それもマルコにはわからない。

（とんでもない——とんでもないことになったものだ……）

マルコは、何回か、グインとイシュトヴァーンの戦いを目のあたりにもしているし、グインと行をともにしたりもしている。

だが、それだけに、逆に、グインという戦士が、いかにすさまじい超戦士であろうとも、イシュトヴァーンに対しては、ちょっと普通とは違った親しみや親愛の情、また古馴染の慕わしさくらいは持っているはずだ、と信じていた。

（だが——あのとき……）

（恐しい。……あんな、すさまじい、あんな恐しい——）

容赦なくイシュトヴァーンの脾腹を差し貫いたグインの刃。

イシュトヴァーンのほうがずっと受け太刀ぎみに戦っており、それもしだいに疲れて足がもつれがちになってきたことは、なんとかして飛び込もうと必死になりながら見守っていたマルコにははっきりとわかった。

「あっ！　危ない！」

絶叫しそうになった瞬間に、グインが、黄色い旋風のようにイシュトヴァーンのふところに飛び込み、そして、その刃がイシュトヴァーンのよろいのあわせめを貫いて、イシュトヴァーンのからだにぐさりと突き通るのが、マルコには、まるで世界の時の流れがすべて静止してしまったかのようにはっきりと見えた。

その瞬間のグインの顔もたぶん、一番近いところにいたマルコにだけは見えただろう。

（あの——あの男の顔……は豹頭だから、よくわからなかったが——あの目、あの目は……）

グインの目は、まるきり激していなかった。

それが、いまだに、思い出すたびにマルコがぞくぞくっと身をふるわせずにいられなくなる最大の事柄だった。

あれだけの激戦のさなかだったのだ。どのように逆上していても、それは少しも不思議はない。いや、むしろ、たかぶりきって、闘気が燃え上がり、それがイシュトヴァーンへの古馴染の情などを圧倒してしまった、というのだったら、マルコにもわかる。

だが、グインのトパーズ色の目は恐しく冷静で、これっぽっちも殺気も、闘気さえも、湛えていなかった。ただ、グインの目は、機械のように冷静に、おのれがしようとしていることを観察し、正確にそれをなしとげようとはかっているだけにしか見えなかった。

その目だけを見たら、宮廷でおだやかに話をしているところだといったって、少しもおかしくはなかったに違いない。

その、落ち着き払った、一切激したところのない目のままで、グインはイシュトヴァーンの若いからだをまっこうから差し貫いたのだ。

(恐しい――なんて恐しい奴だ……)

グインが、おそらく、イシュトヴァーンの命をあの場で奪うつもりがなかったことも、また、それだけにマルコにはよくわかっていた。あれだけの冷静さをもって刺したのだ。決して助からぬ致命傷となる個所、心臓やのど首や、どこをでも、グインの剣技をもってしたら、差し貫くことがたやすかったに違いない。だが、グインは、イシュトヴァーンの脾腹を貫いた。刃は肋骨と肋骨のあいだをぬけ、背中にまで貫通していたが、もっとも重大な臓器はどうやら傷ついていない、と頼りない軍医のウー大佐は断言したのだった。

だからといって傷が軽かったとはいえなかったが、しかし、明らかに、グインが狙ったのは、イシュトヴァーンが「瀕死の重傷」を負うことであって、イシュトヴァーンの命を奪うことではなかったのだ。

(そして、それを――あれほど正確にしてのけた。――あの乱戦のなかで。あれだけ、陛下だってすぐれた剣士であるものを――なんてやつだ。なんという、恐しい……いや、あまりにも人間離れしたやつなんだ……)

イシュトヴァーンは、脇腹を刺し貫かれたまま、グインをただ燃えるような目でにらんでいた。

それから、悲鳴をあげてかけよったマルコの腕のなかにくずおれたけれども、そのときのそのイシュトヴァーンの色を失ったくちびるから洩れたことばが、いまだにマルコの耳のなかにひびいているかのようだった。

（きさまの手にかかるんなら、俺は……本望かも……しれねえ。俺を殺せ。いつでも——いのちなんかくれてやらあ——俺を殺すまでやれ……やってくれ。グイン——俺はそのほうが、いっそ……）

（陛下は……死にたい、と思っておられたんだろうか。本当に——？）

健全でまことに温厚で常識的なマルコには、イシュトヴァーンの激烈さや病的なまでの気まぐれや、さまざまな内蔵している病気はいつもただ、ひたすら面食らわされるばかりのものである。

だが、それは逆に一種の魅力でないこともなく、むしろ当人のなかにはまったくなく、理解もできない資質であるからこそ、（ああ、この人はやはり常人、凡人ではないのだ……）と思うことも多々あったのだが——

もっとも近くにいるだけに、（陛下は、本当に大丈夫なんだろうか？）と案ずることも、このところ、マルコがもっとも多い。イシュトヴァーンの酒量も、酒への耽溺も、夜、ひんぱんにひどい悪夢にうなされることも、狂的な怒りの発作も、すべて目のあたりにしているのはマルコである。イシュトヴァーンもマルコにだとかなり気を許しているから、おのれの秘密を漏らしてしまいかねない寝言をおそれて、小姓ではなく、マルコに夜伽についてほしがる。そういった、身辺の世話を中心とした任務なら、マルコはあまり困惑することはない。イシュトヴァーンさまを理解はできないまでも、もっとも忠実に守ってあげられるのは自分だけだ、というような使命感も持っている。

だが、そのイシュトヴァーンの唇からもれた、（俺を殺せ）ということばは、マルコにとっては、かなりの衝撃だった。

（陛下のお心のなかには――やはり、俺などではどうにも理解もできず、いやすこともふれることもできぬような深い苦しみや傷や絶望があるのだろうか？　それはそうかもしれない――このところの激戦につぐ激戦も、それにその前からのあまりにも激しい転戦と、それにアムネリスさまの――それにあの、ドリアン王子殿下のこととか……）

マルコが、汗をぬぐってやろうと手をのばしたとき、ふいに、イシュトヴァーンの唇がまた動いた。

意識がもどったか、とはっとした。

「陛下！　イシュトヴァーン陛下！」

まわりを見回して、枕もとに、顔を近づける。

「イシュト！　しっかりしてくれ、イシュト！」

　二人きりでいるときには、堅苦しいことはよして、イシュトと呼べよ、一緒に旅まで何回もした仲なんだから、とイシュトヴァーンはしょっちゅうマルコにいう。

　人前と二人きりのときをそう器用に使い分けるのは、常識人のマルコにはなかなか大変なことだったが、このさいは、もしかしたら、「陛下！」というよそよそしいよびかけよりも、「イシュト！」という、愛情を示す、近しい呼びかけのほうに、イシュトヴァーンが反応するかもしれない、と思った。

「イシュト！」

　だが、ほかのものにきかれてはしめしがつかない。小声でくりかえして呼びながら、マルコは、濡らしてしぼった手布でイシュトヴァーンの額を拭こうとして、そしてぎょっとした。

「陛下！　ひどい——ひどいお熱だ」

　あわてて、手布をおいて、直接に手を汗にぬれた額におしあててみる。それは、燃えるように熱く、尋常ではない温度の高さを感じさせた。

「大変だ」

　頼りないウー大佐からは、「場所が腹部だけに、とにかく腹膜炎だけを警戒するように。それと敗血症のどちらかが出てしまったら助からないかもしれない」といわれている。そういわれても、警戒しろ、といわれてもどうしたらいいのかはマルコにはわからなかったのだが――

ただ、とにかく、この熱が危険なものだ、ということだけはわかった。

「誰か！」

マルコは声を張り上げた。あわてて小姓が飛び込んでくる。

「陛下のご容態がよろしくないようだ。すぐに、ウー・ルン・ウー大佐を、これへ、早く！」

マルコは叫んだ。イシュトヴァーンは、苦しそうなうめきをもらしたが、その目はとじたままだった。

3

「陛下——陛下！」

「イシュトヴァーン陛下！」

マルコが、あわてふためいた近習ともども、必死に呼びかけるその声は、イシュトヴァーンの朦朧となった意識のなかに、どのくらい届いていたものか——

マルコたちは青ざめながら、イシュトヴァーンの痩せて、このしばらくでかなり衰えを発してしまった頬のこけた顔を見守っていた。イシュトヴァーンをただいちずに敬愛していた者ばかりではない、なかには、恐しい、残虐な支配者としてひそかな反発をも持っていたものも、ことにイシュトヴァーンの気まぐれで厳しい仕置きを受けたもののなかにはいただろう。イシュトヴァーンの癇癪はことに側近の小姓や近習に対してもっとも頻繁に爆発したから、中には、そのイシュトヴァーンの強烈で唐突な怒りの発作のために、あわやいのちを落としかけたり、きびしいむち打ちの刑を受けなくてはならなかったものも多くいたのだ。

しかし、たとえそれで、イシュトヴァーンに対してひそかにうらみを抱いていないでもなかった者であっても、げんざいのこのゴーラ遠征軍の中にあって、いまここでイシュトヴァーンが落命する、ということのあまりにも重大な意味を理解していないものはひとりとしていなかった。

ゴーラ軍の命脈は、たったひとつイシュトヴァーンによってだけ支えられている――イシュトヴァーンの指揮力と指導力、そして戦闘力が、新生ゴーラというまだまったく未知数の、うら若い、将軍でさえ二十代前半のものしかいないような国家ともいえない国家をかろうじてつなぎとめ、組織のかたちにしているのだ、ということは、誰もがよく知っている。

そのイシュトヴァーンが重傷にたおれた――それだけでも、兵士たちの動揺も著しく、また、上層部も激しく動揺している。それがもしも、この遠征途上のタルフォで万一にもイシュトヴァーンが若い命を落としてしまうようなことでもあれば、それこそ、イシュトヴァーンだけを頼りにその命ずるままにトーラスからルードへ、ルードからタルフォへと付き従ってきた五千のゴーラ兵たちは、何ひとつ逃げ道のないままここに雪隠詰め状態となり、結局のところはゴーラの支配に激烈な反感をもつモンゴールの反乱軍によって潰滅させられてゆくしかない運命だろう。

かれらが無事にふたたびユラニアの地を踏めるかどうかも、結局はイシュトヴァーンがその命運を握っているのだ。その命運の綱がいまやまさにゆらぎ、大きく嵐にゆさぶられている。ゴーラの幹部たちが必死の悲愴なおももちになるのは当然であった。

「マルコ准将！」

大声をあげて室に飛び込んできかけた親衛隊長で一応この出陣で将軍に任ぜられたウー・リーが、あわてて制止されて、ぐっと息をつまらせる。いま、イシュトヴァーンの右腕としてもっともゴーラ遠征軍の中では戦闘経験もゆたか、一応イシュトヴァーンにつぐ武将とされているウー・リーだが、実年齢はまだ二十三歳、一応旧ユラニア軍の下っぱ兵士にはなっていたものの、それまでの経歴はアルセイスの裏町の不良少年でしかない。育ちがいいわけでも、貴族の家柄なわけでもない。ただ、その荒っぽい気性と向うっ気の強いところ、そして敏捷で戦闘的なところをかって、イシュトヴァーンがとりあえずここまでにはなんとか育てあげたのだ。だが、まだ指揮官としての品格や責任を身につけるには程遠い——そんなことをいったら、そのウー・リーを育てたというイシュトヴァーンそのものが、まだわずか二十八歳の野良犬にすぎないのだ。

「大丈夫なのか、陛下は？」

ウー・リーは困惑したようにその目を寝台の上の病みやつれたイシュトヴァーンのおもてに注ぎながら、マルコにともつかず低く叫んだ。誰も答えない——というよりも、誰も、その答えなど、知ってはいないのだ。

「え？　どうなんだよ？　イシュトヴァーン陛下は、いつ起きられるようになるんだって聞いてんだ。どうなんだよ、え？」

「それがわかれば、我々も苦労はしません」

ウー・ルン・ウー大佐がむっとしたように答える。こちらは一応職業軍人だけに、長幼の序を重んじることも礼儀作法も何もあったものではない、このうら若い将軍には、日頃からへきえきのていなのだ。

「なんだよ、その答え」

ウー・リーはかっとしたように眉をよせたが、さすがに、病人の前だとはばかったのだろう、声を荒立てはしなかった。

「なあ、マルコ、陛下は大丈夫なんだろ？　だって、陛下はまだ若いもんな――そのウー大佐みたいなじいさんとは違うもんな！　もうものの数日したら、すっかりもとに戻って起きあがって……」

「だといいと、私も切実に願っているのですがね」

マルコも思わず多少つっけんどんな口調になった。

「ごらんになってのとおり陛下はあれ以来ずっと意識のお戻りがない。もう、熱も高くなってきて、ウー先生が恐れていられたような腹膜炎がおきているのかどうか、それもわからない。ともかく、安静にしているほか、ここではどうするすべもございませんから、とにかく、ウー将軍、お静かに。のちほど、あちらで、軍議をいたさなくてはなりますまいから」

「軍議」

面白いことばをはじめてきいたかのように、ウー・リーはいかにも不良少年らしいするどい細い目をまるく瞠った。

「そんなの、したことねえじゃんか」

「だから、するんですよ。いつもは陛下がすべてを――ゴーラ軍の動きのすべてを決定してくださり、我々はただそれに従っていればよろしかった。しかし、いまここでどうすればいいのか、それを意識のない陛下に決めていただくわけにはゆかない」

「少しすりゃあ意識なんか戻るんだろう。え、そうなんだろ？」

「それはわかりません。それに、何日かこのままでタルフォにくぎづけになっているわけにもゆかないのです。トーラスの留守部隊に使いを出してここまできてもらい、ここで籠城のようなかたちで守りに入るか、しかし――」

それをやってしまうとおそらくはいちどきに、イシュトヴァーンの上に何か異変があった、ということが、モンゴール側にばれてしまう。

マルコがいま、一番恐れているのは、モンゴールの反乱軍がこの知らせを知り、いまこそ最大の好機とばかりいっせいに、かくれひそんでいた残党すべてが手をとりあって蜂起してしまうことだった。イシュトヴァーンが自ら乗り出してトーラスまでやってきたのも、もとをただせば、いよいよモンゴールのいたるところであがった反乱の火の手が、放置すべからざる状態にまでなってしまったことからである。イシュトヴァーン自らが鎮圧しなくてはならないくらい、アムネリス王妃の自死によって憤激の極、悲憤のきわみに達したモンゴール人民の嗔恚は激しい。そして、これまでは、それはもって行き場もないままに、獄中にあるマルス伯爵にむかっていたのだが、いまでは、マルス伯爵の若いいとこ、ハラスという、手近な対象もある。

(危険だ――このままここにいるのも、トーラスに戻るのも……といっていまの状態の陛下をなんとか護送して旧ユラニア領まで出るのも……何もかも危険だ、いや、不可能に近い……)

もっともいいのは、いますぐカメロン宰相がかなりの人数のゴーラ軍をひきいてトーラス入りし、そしてイシュトヴァーンを守る任務をマルコから肩代わりしてくれることだろう。カメロンは、非道、残虐と批判されるイシュトヴァーンのかたわらにあって、唯一ものののわかる人間として、モンゴール側にも奇妙なくらい人望があつい。といってもちろん、イシュトヴァーンの右腕である、ということで、モンゴールの反乱軍はカメロンを許しはしないだろうが、それでも、イシュトヴァーンから出た和平の申し込みなら決してきかぬ相手でも、カメロンが出てくれればそれなりに一瞬は耳をかたむけてくれるだろう。それだけの何かが、カメロンにはある。いまのゴーラでたったひとつの希望はそれといってもいい——それと、対モンゴール的には、カメロンが擁立してアムネリスのあとをつがせ、あまりにも幼いモンゴール大公としようとしている、イシュトヴァーンとアムネリスのあいだの一子、ドリアン王子の存在だ。

《ドールの子》という不幸な名前を生まれながらにして、しかもおのれの出生に絶望していのちを断った母に与えられてしまった運命の王子だが、このドリアン王子こそは、アムネリス大公の——ということは、旧ヴラド・モンゴール大公家の血をひく唯一の正当な支配者として、モンゴールの民すべてが希望をかけている存在であった。たとえその出生のために、イシュトヴァーンの血が必要とされたという、不幸な事情があったとしても、それでもなお、アムネリスの死によって、ほぼヴラド大公家全員が死に絶えたことになるモンゴールにあっては、「ドリアン王子が成人し、モンゴール大公として独立をかちとる」というあらたな夢を運んでくれたたったひとりの希望であることにはかわりはない。

(カメロン船長、いや宰相が、ドリアン王子殿下を連れて、モンゴール国内を鎮めにきてくれれば……まだ多少はなんとかなるのかもしれないんだが……)

しかし、そのようなことをしていると、こんどは、カメロンがいてかろうじておさまっている、旧ユラニアの内部で、もしかして、なにごとかが火をふくかもしれぬ。ユラニアもまた、モンゴールと同じく、イシュトヴァーンの力によって制覇され、制圧された、といううらみをのんだ国だ。ウー・リーやヤン・イン、リー・ムー、といった二十代も前半の若い、もとは街の不良少年で、ことあれかしと待って血をたぎらしていたような不平分子こそ、イシュトヴァーンの公募に応じてとびつき、ゴーラ軍という新しい軍隊をおのれの生きる場所としたがったが、逆にもともとの旧ユラニアの貴族階級、支配者階級などは、圧迫され、宮廷もアルセイスの紅玉宮からあらたに作られたイシュトヴァーン・パレスにかわり、ひっそりと身をかくしながら、なおも深讐綿々たる思いをつのらせているのは当然のことだ。

ことに、もうドリアン王子しかヴラド大公家の血筋をひくもののいないモンゴール大公家と異なり、旧ユラニアのユラニア大公家は、三公女たちこそむざんなさいごをとげてしまったが、古い家柄であるから、あちこち探せばそれなりにいろいろな旧家が出てきて、そこにはユラニア大公家の血が濃く残っているものも多いのだ。誰かを引っ張り出してきて、反ゴーラの旗頭にしようと思うのならば、モンゴールよりははるかに多くの対象が残っている。それだけではない。場合によっては、時に忘れ去られたかのようなゴーラ皇帝家、サウル皇帝の一族を捜し出してくることだって、まったく不可能であるとはいえないかもしれないのだ。

（ユラニアもこころもとない……いつか火を噴くかもしれない……といって、トーラスはなおのこと危ない……考えてみると、とてつもなくあやうい——火口の上に作り上げたようなまぼろしの国家、なのかもしれないな、このイシュトヴァーン・ゴーラは……）

マルコの胸に、にがい、いま思っていてもしかたのないような感慨がかすめる。そんなことはすべて承知の上で、船長と慕うカメロンがそれでいいと思うのならば、と、ひたすらカメロンについてゆくつもりでユラニアへやってきたヴァラキア人は、マルコひとりではない。

（もう、長いこと、海も見ていないんだな……）

それどころか、ルードの森の深い暗黒や、突兀たる山々や——そのなかをイシュトヴァーンの放埒な命令にひきまわされるままにかけまわりながら、こんなところまできてしまったのだ。若いゴーラの兵士たちよりもさらに、年長だけに、マルコの望郷の思いは深い。

「う……ア……」

「陛下！」

瞬間的に、ウー大佐と、マルコの声が交錯し、そして、マルコはあわてて寝台にかけよった。

「陛下。お気がつかれたのでございますか？」

「シッ、静かに」

ウー大佐に制されて、マルコは口をおさえる。

イシュトヴァーンは意識を取り戻したわけではなかった。ただ、苦しそうにその身をもがき、その顔がゆがんだ。痩せて、近い過去にスカールによって受けた頬の傷が浮かび上がり、もはや無邪気にも、少年のようにも、甘く美しくも見えなくなったごつごつとした顔が、そうしてゆがむと奇妙なくらい幼く――苦しめられている幼い子供のようなな、がんぜないといいたいような表情になった。

「な……ぜ……」

「大佐！」

マルコのおもてに緊張の色が走る。

「陛下が、何か云っておられる！　意識が戻ったのか？」

「いや……」

ウー大佐がまた制した。行き場を失ったように、ウー・リーも室の入口に立ちつくして寝台のほうをのぞきこんでいる。そのうしろに、これも心配してようすを見に来たのだろう、ほかの隊長たちの若い顔も見える。

「何故だ。何故――」

もっとはっきりと、こんどは、熱にひびわれたかわいたくちびるから洩れる息が、ことばになった。緊張して、マルコは耳をかたむけた。

「何故なんだ……やだ——もう、俺は……やめてくれ、もう、俺の前に……どうして——イヤだぁ！」

ふいに、うめき声が、絶叫に近いほどに高まった。

「陛下！」

「陛下、大丈夫です！　何も敵は——陛下に危害を加える者はおりません！　陛下！」

あわてて、マルコがイシュトヴァーンの手をつかんで落ち着かせようとした。だが、イシュトヴァーンは、それを突きのけるようにして暴れ出した。

暴れるといっても、瀕死の重傷をおった病人のことだ。それほどの力は出ない。だが、これまで、ぐったりと横になっていることしか出来なかった人間だとは信じられないほどの力で、イシュトヴァーンは布団をはねのけ、いきなり身をおこそうとするかのようにーーマルコの手を払いのけようとするかのようにもがきだした。

「いかん。傷が開いてしまう」

ウー大佐が叫ぶようにいう。

「小姓の人たち、陛下をおしずめして。失礼して、手足をおさえ、動けないようにするのだ。この状態で激しくもがくと、傷が開いてまた出血してしまう。そうしたら……たぶん」

「どけ、俺がやる」

マルコは小姓をおしのけた。上から布団をかぶせるようにして、イシュトヴァーンのからだを押さえ込む。イシュトヴァーンは少しなおももがいたが、そのまま力つきたようにおとなしくなった。

「腹膜炎は——おきているのでしょうか？　この熱は、その？」

「さあ……」

いたって頼りなく、ウー大佐が答える。

「おきていれば、きっと腹膜炎になってしまっているのだろうな。そうでないとすれば、この熱は腹膜炎の熱ではあるまい」

それでは何ひとつ、わかったことにならない——マルコは内心この老いぼれの役立たずの軍医に腹をたてたが、たてたところで仕方がなかった。むしろ、トーラスから、モンゴールの名医などを集め、探してくることは、それこそ、どのような毒をもられて、回復するものも出来なくなるような陰謀の危険を招く可能性のほうがはるかに大きい。いまは、この頼りない、本職でもない軍医に頼っている以外方法がないのだ。

（カメロン船長！　おやじさんなら、なんとかしてくれるでしょう？——あんたの大事なイシュトが大変なんだ……なんとか、どうしたらいいのか、このマルコに指図してくれなくっちゃあ……）

マルコは困惑しながら、なおもしっかりとイシュトヴァーンのからだを布団ごとおさえつけた。

幸い、それ以上もがく力もなくしたように、もうまたイシュトヴァーンはぐったりとなっている。その唇がまた動き出した。こんどはもっとはっきりときこえた。

「なんて——深い森の中なんだろう……」

「森——？　陛下、何かおっしゃったのですか？」

こんどこそ、意識が戻ったのか、という期待をこめて、マルコは声をかけ、そしてまた失望した。

「深い——深い森——なんてことだ。アリ……そこにいるのか。寒い……寒いんだ。寒い……」

あるいは——

イシュトヴァーンが見ていたのは、あのはるかな昔、自由国境地帯の深い森のなかで、スカールによって重傷をおわされた、そのときの悪夢であったのかもしれぬ。

イシュトヴァーンの心はそのときにまた戻ってしまっていたのかもしれれぬ。だが、それは、マルコには——そこにいるゴーラ兵たちの誰にも、そうと知りようもない。

「アリ……お前か？　お前なのか？」

またくちびるが動いた。

「アリ……」

「それは、あの──」

何かへまなことを言い出しそうなウー・リーを、マルコはあわてて目顔で制した。

「さ、もう、陛下を少し安静にお休ませしないことには……ウー・リー隊長、ほかの諸君も、あちらに行きましょう。ここはウー大佐におまかせして……いずれにせよいろいろと決めなくてはならない。ここに、タルフォの砦に入ったのは臨時の処置でしたから、ほどもなく食糧その他もきれる。もしもずっとここにいるつもりなら、そうした手配もしなくてはならない」

「もっといい医者、トーラスにいねえのかよ」

不作法にウー・リーが云った。ウー大佐はぎろりとこの同苗だが何の血縁関係もないぶしつけな若い隊長をにらんだ。

「それは、危険ですよ、ウー・リー隊長」

低く、マルコは、ウー・リーのぶしつけに困惑しながら、ウー・リーを室の外に押し出すようにしながらささやいた。

「いまトーラスで探せる医者などといったら、それこそモンゴール反乱軍の息がどのようにかかっていないものでもない。──陛下のおいのちを救う、という口実のもとに、陛下に毒をもったり、傷が治らぬようにしむけたり──あまりに危険でとうていトーラスへは、陛下がこのようにお悪いんだ、ということだって情報をもらせませんよ」

「あ、そうか」

ウー・リーはそんなことも考えてはいなかったらしい。あらためて、自分たちのおかれた立場に驚いたようにあたりを見回している。それをみて、マルコは溜息をついた。そのまま廊下に出て、ウー・リーのうしろにいたヤン・インたちをも、あちらに押し戻すようにした。

「とにかくここでこうして皆さんが様子をごらんになっていても仕方ないので、とにかくあちらにゆきましょう。軍議の支度をさせますから、食糧を手にいれて、タルフォに当座落ち着いて陛下を静養していただくようにするかどうかの結論だけでも出さないことには」

「だって、あの状態じゃ、動かそうったって動かせねえだろ」

ウー・リーはさらにぶしつけにいう。

「いやあ、びっくりしたなあ。あの豹男、ほんとにすげえよなあ。俺、いいかげん、陛下だって、見たこともねえくらい強い剣士だと思ってたのに、あの豹男ときたら、まるでその陛下を子供みてえに——ほんと、すごかったよなあ」

「俺、見そこねちまったんだあ」

「なんだって、馬鹿が。一生に二度と見られねえようなすげえ見物だったのによ」

「しょうがねえじゃん、俺、そんとき、あのボロ袋どもをあいてにばりばり戦ってたんだもん」

「馬鹿でえ、ヤン」

「うるせえな。けど、ほんとに上には上がいるもんなんだなあ」

「グインだろ。ほんとだよな」

たわいもない、まるでそれこそ街の悪童どものような声でわいわいと喋りあっている《ゴーラ軍の中核》たちを横目で見ながら、ひそかにマルコはまた溜息をついた。こういう連中だからこそ、イシュトヴァーンに命を捧げ、命知らずについてもきたのだ、ともわかってはいるけれども、かれらと一緒にいると、ときたまマルコは、おのれがおそろしく年をとっているような、おそろしく何でも知っていて、それだけにかれらに見えぬ危険や恐怖のすべてが自分にしか見えていないのだ、というような一種の絶望感にかられるのだ。

「行こ、行こ、あっち行こ。大丈夫だよ、陛下は悪運強いから、俺らと一緒でさ。くたばりゃしねえよ。こんなへんぴなモンゴールのど田舎なんかでよ」

「まったくだ、いまここで陛下がくたばっちまったら、俺たちも一蓮托生だもんなあ」

「なんぼ俺たちが頑張っても、敵国の真っ只中じゃなあ、あとからあとから敵がわいて出るぞ」

「まあ、どうせただの剣の使い方も知らねえ素人どもだろうけどな、でもあんまり大勢だと始末悪いよな」

「とにかく陛下が早く意識が戻りさえすりゃ、べつだんどってことねえよ。マルコのおっさんは心配しすぎなんだよ」

「しょうがねえよ、おっさんだからよ」

わいわい、がやがやと放埒に放言しながら、タルフォ砦の長い廊下をやっと若者たちはあちらへ去っていった。それを見送って、またしてもマルコは深い溜息をもらすと、そのまま、急いで小姓をよび、「自分がゆくまでに、どこかなるべく大きい部屋に会議の用意をさせて、隊長以上を全員集めておくように」と命じておいて、室に戻っていった。

「いかがでございますか、先生」

「いや、意識が戻ったのではなかったよ。うわごとだ、うわごと。——かなり、熱が高くなってきたような気がする」

「気がするって……」

こっちはこっちで、頼りなくてどうにもならぬなあ、とまたしても嘆息が出る。

(どうも、俺は貧乏くじをひいてるような気がするが……カメロンおやじさんさえ、きてくれたら……)

「もう少し、冷たい水と、それに前にいった薬草が早く手に入れば、もうちょっとはなんとかなるのかもしれんのだが……とにかく、私が本職の医者でないといって、あの悪たれどもはあんな失礼なことをいうんだろうが、たとえ医者の神様ドルケルスがきたところで、これだけしか設備のないところではどうすることも出来んよ。それだけは確かだよ」

不平そうに、おのれの誇りにかかわる、という顔つきで、ウー大佐が文句をいう。マルコは溜息を押し殺してうなづいた。

「わかっております。よくわかっております。それよりとにかく、陛下にちょっとでもいいから、おやすみいただかなくては。――うなされてばかりで、じっさいには、きっと回復のための力にはなっていないのだと思いますし。――薬草はまた探させてみますが、何分異国のことですし、このような状況ですから……」

貧乏くじをひいているなあ、という気が、またしてもマルコはした。

こらえきれぬ嘆息をもらしながら、マルコは立ち上がった。なんだかおのれひとりが、まったく身のおきどころもないような気がしてしかたがなかった。

4

ひっそりと、タルフォ砦に日が落ちて、またしても夜がやってきた。

マルコのおそれている夜であった。――昨日はまだ、タルフォにころげこんだばかりの日で、夜がきても、まだそこまでの早さでトーラスに情報はいってはいるまいと思われたので、少しは安心できた。だが、それから一日たっている。タルフォはトーラスにはかなり近いし、タルフォに詰めているものは全員すべてがゴーラ軍というわけではない。ことに、厨房だの、下働きだのには、モンゴール人がたくさん居残っている。そのなかには、むろんいちいち告知などはしていないが、イシュトヴァーンの重傷、という願ってもない事件を知って、いちはやくトーラスに知らせに走ったものもおそらくいないわけではあるまい。

そうか、タルフォ砦の住人たち全員に足止めをしておいて、トーラスとの連絡を断ってしまわなくてはいけなかったのだ――と、これは、朝になってからマルコがあっと思ったことであった。そのような用心でも、し馴れていないマルコにとっては、なかなか気が回らない。というより、それどころではなかったのだ。とにかくイシュトヴァーンを一刻も早く安静にさせ、快方にむかってもらわなくてはならぬ、という一心であったから、ようやく多少の手兵をおいてあるタルフォに入り、ほっとして、ただちに奥まった一室を用意させ、ウー大佐を呼び、やれ湯だ、布だ、薬だと大騒ぎをしていたのだ。奥の台所で湯をわかしているのがモンゴール人であろうなんてことは、考えてはいられなかった。

ハラスについてだけは、気になったので、厳重に見張らせて奥の別の小部屋にいれ、ウー・リー部隊の精鋭一個小隊をつけて守らせるという、いささか大袈裟すぎるか、と思った処置はとらせたのだ。ハラスもかなり負傷がひどく、弱っていたので、いずれみせしめのために公開処刑とするまでのあいだは殺してはならぬ、というのは、イシュトヴァーンから命じられていたことであったから、落ち着くとすぐにハラスの手当もさせ、食事もあたえて寝かせてあった。その食事も、厨房でモンゴール人たちに命じて作らせたものだ。何人か怪我人ないし病人がいるらしい、ということも、当然わかってしまっただろう。いくさから戻ってきた部隊なら当然、怪我人は出ているだろうけれども、それへの騒ぎや手当のしかたで、おのずと、それがかなり上のほうのものだの、あるいはかなり重大な捕虜らしい、などということもわかってしまう。

（トーラスに——いまごろは、知らせがとんでいるだろうか。だとしたら……）

あとで、タルフォ砦の裏方をつとめているモンゴール人の名簿を作らせ、それにも監視をつけておかなくてはならぬ、とマルコは心にきざんだ。知らぬあいだに、「交代の時間だから」などと称して、あるいは「いるものを届けにきた」などといって、砦の中に、モンゴール反乱軍の手の者に入り込まれてしまうかもしれぬ。さいわい、いまのところは、まだ砦からそれほど多くの人間を外に出るのを許してはいないはずだが、何人かは、知らぬうちにそっと出ているかもしれぬ。

（これから、入ってくるほうに気を付ければ――いまもし万一、この砦を、モンゴール反乱軍に囲まれたとしても、それはそれで……）

ウー・リーにせよ、一応戦闘については多少の頼りにはなる。それに、とにかくゴーラ軍はモンゴール軍より強いのは確かなのだし、しかもモンゴール軍、とは名ばかり、いまの反乱軍はただの寄せ集めの市民たち、つまりは戦う経験などほとんどない素人たちだ。それに、しかも籠城してただちに全滅させられようとは、いかに取り越し苦労のしがちなマルコでも思わない。ただ、長引けば――事情が知れれば、旧モンゴール軍の残党がしだいに集結してくるだろう。そうなるとことは厄介になる。

（それに、いざとなったら……）

汚い手だといわれようとなんだろうと、逆に、ハラスの存在が、こちらにとっては、人質としての役目をはたすことになる。ハラスはマルス伯爵家の血をひいており、一応旧モンゴール大公国の貴族階級で、それもかなり上のほうだ。それに、若くしてあえてモンゴール反乱軍をひきいてイシュトヴァーンに叛旗をひるがえした、といって、ハラスを追ってトーラスに入ったとき、たいそうな人望を集めていることは確認してある。そのハラスを手中にしている、というのは、かなりの有利といっていいだろう。

（だが……とにかくここは、敵の勢力範囲の真っ只中なのだしな……）

とにかく、これから先は、ことにモンゴール人にはほとんど砦から出さず、あらたに入れず——ということになってくると、では食糧や薬品や、いろいろな生活必需品をどうやって手にいれるか、というだんどりもつけなくてはならない。もともとタルフォ砦に駐屯していたのは、数にいれていなかったそうしたモンゴールの使用人たちをいれてもせいぜいが六百人程度——タルフォ砦だってそれほど巨大というわけではないので、使用人たちはせいぜい百人内外だ。駐屯させて後方支援においてあった部隊が一個中隊と歩兵がいくらか、つごう五百人ほどである。

そこに突然、五千人の——戦闘でいささか減ったとはいっても、せいぜい数百人というところだろう——集団が押し寄せたのだ。当然、糧食も足りないし、馬にやるかいばも足りなくなる。

それに、ゴーラ軍は、数少ない騎馬の民との戦いにしては多くの負傷者をかかえてしまっている。死者はユラ山麓の戦場におきざりにしてきたし、重傷者もおきざりにしてきてしまったが、それでもまだかなり負傷者がいる。それを考えると、戦闘要員にはならないが食糧や薬品や手当は必要としているものが五、六百人いる、ということになる。

（頭が痛いな……）

一応、イシュトヴァーンは遠征に出るときには、糧食として持参するかわりに、現地調達のための多額の金を携帯するのを習慣にしているので、当面は、金銭的な不自由はないが、その分をモンゴールの敵意ある民衆から買い上げなくてはならない。あまり、タルフォ砦の周辺は人家もないし、トーラスにゆけば簡単にいくらでも手に入るが、そのかわり、「ルードの森にハラス大尉を追っていったゴーラ軍が、戻ってきたのになぜかトーラスの金蠍宮に入らず、タルフォ砦で足止めというかたちになって、大量の食糧や医薬品を集めている」ということがたちまち市場から噂になるだろう。

それからそれへと結論を出されれば、やはりただちに「トーラスに戻れぬ理由」が一目瞭然ということになってしまう。

（いずれは、かなり早いうちに、なんらかのかたちで、イシュトヴァーン陛下の負傷は知られてしまうのは、とどめきれないだろうな……ただ、いつ、どういうかたちでばれるか——そして、それによってどういう反応がおきてくるか……）

カメロンに送った使者の返事が、どのくらいかかるか。またカメロンがそれでどういう動きをとるか。

それを待っているあいだに、トーラスでは、モンゴール全土では、どのような動きがまきおこるのか、とうていこれは俺あたりの予測では計り知れない、とマルコは思った。

(いっそ、金蠍宮に戻ったほうがむしろ——いやいや、しかし、そうしたら、もっとたくさんのモンゴール人の使用人がいる……しかもきゃつらのほうが、地理も内情も知り尽くしている……もっと大変なことになるかもしれない)

とにかく、戦さとしておもてから攻め寄せられるほうがまだ始末がいい。台所に敵があって、毒をもられたりするのでは、どうにもふせぎようがない。

(もうちょっとだけ、陛下のご容体が安定してきたら、なんとかして、とにかく強引に——無理矢理にでも、多少の無理をしてでも、そのために陛下の回復が遅れることがあっても……せめてガイルン、できればアルバタナの砦までゆければ——)

ガイルンもアルバタナも国境の砦だが、いまはそこには多数のゴーラ軍が駐屯している。それにそこなら、旧ユラニア国内から、カメロンに頼んであらかじめ多くの部隊を送っておいてもらい、護衛してもらうことも可能になる。

そこにいけたら、どんなにかほっとすることだろうと、マルコは思った。

しだいに夜が重たくタルフォの砦にたれこめてくる。ウー大佐はもう、イシュトヴァーンの寝ている室をいったん引き取っていた。

「これ以上は手のうちようもないし、自分が寝台のわきについていたところで、容態が急変すれば手のつけようはないし、容態が急変しなければ自分がみとっている理由はない」と申し立てて、とっとと寝にかえってしまったのだ。もう、ウー大佐に多くを期待することはマルコは諦めていたが、それにしても、あまりにいろいろなことが気になって、とうてい自分自身もそうしてみても眠れそうもなかったので、しかたなく、おのれで不寝番を引き受けることにしたのだった。

(軍議もなかなかうまくゆかないし――やはり、俺には、せいぜい、イシュトヴァーンさまの不寝番をして、お守りをしているくらいが向いているだけなんだがな……)

昼間、一瞬意識をとりもどしたのか、と思われるようなうわごとをいったときの、イシュトヴァーンのことばが、マルコの心に微妙に引っかかっている。

(深い――深い森――なんてことだ。アリ……そこにいるのか。寒い……寒いんだ。寒い……アリ、お前か。お前なのか?)

いまは、少し、薬草を煎じて唇に吸わせた鎮静剤がきいているのか、イシュトヴァーンは昼間よりもずっと安らかそうに眠っている。まだ、顔色も土気色だし、ほほもそそけだっているが、息づかいは多少安定してきたようだ――とはいえ、額に手をかざせばまだ高熱がたぎっているようで仰天させられるし、意識のほうはいっこうに戻らない。これが、いい徴候なのか、逆に悪い徴候なのか、それもマルコにはわからなかったのだが――

（アリ――アリストートス参謀のことか……）

マルコは、それほどアリのことはよくは知らぬ。

むろん、まったく知らぬわけではないが、マルコがイシュトヴァーンの最も気に入りの側近になったのは、アリが死んでからかなりたってからのことだ。が、カメロンづきであったし、カメロンの命令を通して、アリというぶきみな軍師の存在が、イシュトヴァーンにとってはかなりよくない影響を与えたり、いろいろな事件をおこした、ということも知っている。むろん、イシュトヴァーンとアリが赤い街道の盗賊をしており、そして深い森のなかでスカールとその妻リー・ファとのあいだにひきおこした事件のことなどは、マルコはまったく知りようもない。

だが、熱にうかされたイシュトヴァーンのようすをみていれば、それが、彼の心にいまだに影を落としているいくつもの暗い出来事のひとつであるらしい、ということはすぐわかった。マルコは、イシュトヴァーンのお伽番をつとめていくたびもイシュトヴァーンの寝台のかたわらでやすみ、そのぶきみな、まるで誰にもうかがい知ることのできぬ心の闇をすべて明らかにしてしまうようなおそろしい寝言に悩まされたことも、一再ならずあったからだ。

（陛下は……よく、《アリ》の名を口にだしてうなされておられた――それに《マルス伯爵》だ……それに、リーロ……）

これは、マルコも知っている。アリがむざんにも殺してしまった、ユラニアの幼い少年、イシュトヴァーンがことのほか可愛がっていた少年だ。直接知っているわけではむろんない。イシュトヴァーンからきかされたのだ。

（それに――《あのかた》のこと……それに、グイン王のことを……）

グインと旅していた一時期のことが、イシュトヴァーンにとっては、かなりの印象的な出来事として、心に刻まれているらしい。ときたま、イシュトヴァーンは夢のなかで、その一時期をくりかえしているようだ。そういうときには、寝言にさかんに《グイン》だの、《あのおカマのマリウスのちくしょう》だのがあらわれる。グインはともかく、そのおカマ某については、マルコはまた、知りようもない。

（たくさんの闇を背負ったおかただ――心にたくさんの傷を隠している、といってもいいが……）

マルコは、さすがに昨夜もつとめた不寝番のおかげで相当に自分も疲れを発しているのを感じながら、目がとろとろと、ともすれば閉じかけてくるのをこじあけようとしながらイシュトヴァーンを見つめた。じっとしているとこくりこくりと居眠りにおちてしまいそうになる。何か考えていなくては、気が付いたら眠ってしまいそうだ。明日は、誰かに交代させて、短いあいだ、仮眠をとらないともたないぞ、とひそかに考える。

（だが、そのあいだ――ウー・リー隊長にまかせておいても大丈夫かな……むろん、あの連中には、陛下の看病などという微妙なことは出来ようはずもないが……荒っぽい連中だからな。だが……そうだなあ、食糧もまだ一日くらいなら、砦じゅうのものをかきあつめてなんとかなるかもしれないが……それ以上になったらもう――）

（とにかくおやじさんが、どうしたらいいか、返事をくれんことには……）

ふと、寝台の上の病人が、びくりと動き、何か声を放ったような気がして、マルコははっとわれにかえった。

このしばらく、イシュトヴァーンはひっそりと寝ており、常夜灯ひとつだけにしぼった暗い室内には、ぶきみなほど圧倒的な静寂がたちこめていたので、ひどく驚かされたのだ。マルコは飛び上がるようにして、寝台をのぞきこんだ。ひょっとして、イシュトヴァーンの意識が戻ったのか、と期待したのだ。

だが、期待は裏切られた。イシュトヴァーンの目は相変わらずとじたままであった。しかし、そのくちびるをもれたことばは、もう一度繰り返されたとき、こんどはもっとずっとはっきりとしていた。

「俺じゃない。――俺のせいじゃないんだ。俺が悪いんじゃない……その女が――その女が、勝手に俺の前に飛び出してきたんだ。俺は……」

「陛下……」

「殺すつもりじゃなかった。殺すつもりじゃ……」

マルコは、眉をひそめた。

マルコには、そのへんの事情はまったくわからない。また、イシュトヴァーンも、なんでも話しているかにみえて、実は本当に自分にとって都合の悪い追憶——それは、ひとに知られて具合がわるいというよりは、むしろ、自分が思い出すと半狂乱になったり苦い思い出だったりするもの、ということであったのだが——については決して唇から出さないので、マルコの知らないイシュトヴァーンの暗い過去、というのはけっこうあるのだ。もっとも、イシュトヴァーンが一番荒れ狂っていた半年ばかり前に夜伽を続けているうちに、マルコには、はっきりとは事情はわからなくても、うすうすけどられてきたこともいくつかはあったのだが——

しかし、この、《女を殺すつもりじゃなかった》話は、マルコには初耳であった。それは、イシュトヴァーンひとりの胸の奥深くにひそかにしまいこまれていた、森の奥の、ほかの誰も知らぬ——草原の民たちとイシュトヴァーンの仲間の盗賊たちは別としてだが——暗くおぞましい事件の記憶であったのだ。

あるいは、グインが差し貫いた傷のいたみが、同じ手ひどいいたでをうけた記憶をイシュトヴァーンの肉体によみがえらせ、時間を混乱させ、《あのとき》の暗い森の中にいるかのような錯覚を熱にうかされた脳におこさせていたのかもしれぬ。イシュトヴァーンの頭のなかでは、そののちにあったさまざまな変転、モンゴール公女を救出し、モンゴール大公の夫となり、そしてモンゴールの裏切り者にとわれ——凄惨な血まみれの国盗りをくりかえしながら、ついにゴーラの僭王となってゆくまでの悽愴な物語はすべて消え失せ、いまだにかれは赤い街道の荒っぽい、気のいい盗賊どもと、そして暗い目をしてつきしたがうアリとともに、自由国境地帯をかけている、そんな錯覚に完全にとりつかれていたのかもしれぬ。

(この人の人生には——まだ、俺の知らぬさまざまな暗い過去があるんだな……)

そんな感慨にうたれて、マルコはしばらく、イシュトヴァーンの顔を眺めていた。

イシュトヴァーンは、低くうめいた。せっかく、おだやかに、落ち着いて眠っていたところだったのが、いったんそうした悪夢にとりつかれると、にわかに、またあの怨霊どもが——いつもいつも、イシュタールでも、またアルセイスでも、どこの陣中にあってもイシュトヴァーンを苦しめてやまず、そのために彼を酒びたりにさせ、半狂乱にもさせていたぶきみな過去の怨霊どもがわらわらと室のすみから、弱っている彼めがけて這い出してでもきたかのようであった。

マルコはなんとはない恐ろしさに襲われて、思わず暗い室内を見回した。むろん、そのどこにも、そんなあやしい怨霊などがひそんでいる気配はあろうはずもない。タルフォの砦はひっそりと寝静まっており、いまのところ、夜襲をかけられるおそれもなければ、何か突然の異変に襲われる可能性もなさそうだ。

（なんて、暗い夜だろう……静かな——暗い……そして、なんだか、不吉な……）

なんだって、《不吉な》などということばが、思い浮かんでしまうのだろう、とマルコはおのれを罵った。

（そんなことを思い始めるから、どんどん……夜が、闇が深くなってしまうんだ……）

夜は、ひっそりと眠りについている。

それほど、やすらかで平和ではないにせよ、決して、そんなにぶきみでおどろおどろしい、荒れた夜ではないはずだ。マルコはそうおのれに言い聞かせた。だが、いったん胸にわいた、奇妙な胸騒ぎ、そしてその底にわだかまっているどす黒いような不安と恐怖に似たものは、いっこうに消えなかった。

（イシュトヴァーン様……）

「——そうじゃない」

また、イシュトヴァーンのひびわれたくちびるが動いた。マルコは聞き取ろうと寝台にからだをかがめた。

「そうじゃないんだ。……嘘じゃなかった。俺が——嘘をついたんじゃない。俺は——耐えられなかっただけだ——違う、俺じゃない。俺が殺したんじゃない……」

（まるで……）

この人の眠りは、地獄のように、恐しい幽霊たちで一杯なのだろうか——

そのいたましさと恐怖がマルコをとらえた。

（いったい、いくつの罪をこの人は、おのれのなかにかかえこんで……）

殺人鬼、というようなものは、こんなにも苦しむことはないのではなかろうか。

それとも、こうして、たえずおのれの犯した罪の幻影に苦しめられているかれこそ、地上で最大の殺人鬼にほかならない、ということなのだろうか。

（俺じゃない、俺が殺したんじゃない——さっきは、殺すつもりじゃなかった、と……このかたの頭のなかは、つねに、《殺すこと》で一杯なのだろうか……《殺されること》でも——？）

だとしたら、それは、確かに、やすらかな眠りがまったく訪れてこなくなってしまっても、酒の勢いをかりてなんとか眠りについてもまたそれをやぶるおそろしい悪夢が訪れてきてしまっても、当然であったかもしれぬ。

そして、このようにからだが弱り、コントロールを失ったときにこそ、かれめがけていっせいに、すべての悪夢をつかさどる夢魔と怨霊とが殺到することになるのだろうか。

（なんだか……可哀想な……）

そうして目をとじて、苦しそうにまた低く唸っているイシュトヴァーンは、ひどく幼く見える。

あごにうっすらとひげがのびはじめ、日にやけた顔はいっそうごつごつともともと高い頬骨が目立ち、唇はひびわれてかわき——それにもかかわらず、どこかに、そうして横たわって呻いているイシュトヴァーンは、妙に幼い、不安にかられた見捨てられたがんぜない幼児のようなおもももちを残していた。

「ウ……カメロン——」

今度の低いつぶやきはひどくはっきりとマルコの耳をとらえた。

（カメロン——）

「どうして——みんな……どうして……」

そして、低い、かすかな——よじれるようなすすり泣き。

はっきりとしたすすり泣きというよりは、夢のなかで、すべてのものに置き去りにされてしゃくりあげてでもいるかのような、かすかな、深い夢のなかのようなすすり泣きだった。マルコはつと胸をつかれた。

（この人は……）

一生、やすらかな眠りが訪れないのだとしたら、それはもう、どのような栄燿栄華を手にしようとも、どんな王座、どんな栄光、どのように広い版図を手にしたとしても、当人にとってはそれはただの地獄の連続でしかないのではないか。

（どれほど片隅で、何ももたず貧しくても、この人の何倍もやすらかに何のおそれもおびえもなく眠りにつける者はいくらもいるだろうに……)

(こんなにたくさんのものを持っていながら、この人は……)

「グイン!」

ふいに、イシュトヴァーンの声が、激しく大きくなって、マルコはぎょっとして飛び上がった。

だが、それには何の次のことばも続かなかった。もしかしたら、夢のなかで、イシュトヴァーンは何かの道をたどりなおし、いくつかの場面を繰り返していたのかもしれぬ。やがて、イシュトヴァーンの寝息はまたおだやかになり、そして、寝言もいったんとまった。

マルコはずっと気配をうかがっていた。深い夜がしだいに深まりゆき、しじまもまた深くなってゆくなかで、イシュトヴァーンは、またどうやら安らかに寝息をたてはじめたようだ。そっと額に手をかざしてみると、熱もかなり下がってきたのではないか、と思われる。

(もしかして――多少は、よい方向にむかってきたのかな……)

ならばいいのだが、とマルコは思った。

ほっとしたせいか、疲れが発してかなりひどくなってきていた。何回か、マルコは、睡魔を追い払おうとしたが、やがて、おのれでも気付かぬうちに、マルコの頭ががくりと垂れた。

ジジジジジ——と、常夜灯にともされているろうそくのしんが燃えてゆく音だけが、ひそやかな夜の底にひびいていた。

第二話　怨　霊

1

イシュトヴァーンは、夢を見ていた。

いつ、それが、夢にすぎないのだ、ということに気づいたのか、それはわからなかった。

というより、はじめから、それが夢なのだ、ということは、うすうす彼の無意識は知っていたかもしれぬ。

彼は、夢の中で、いつかきたさまざまな道をふたたび、そのきたままに経巡っていた。それは、ある意味では、夜な夜な彼を襲ってやまぬ悪夢の夢魔の襲来とは、おのずから様相を異にした夢であったかもしれぬ。

彼は、おのれが生まれ落ちた港町をまた夢に見ていた。

ものごころついたとき、すでに彼は、母のない身の上であった。父はもとより名前さえもまことには知らぬ。カメロンの落としだねである、というような話をカメロンがひそかにひろめさせたのは、イシュトヴァーンの素性の知れなさをはばかってのことだったかもしれないが、イシュトヴァーン自身は、それをどうこうと思ういとまもないほどに昔から、（そういうものだ）と思って、父も、母もなく、家もなく、頼りになる庇護者もいないままに生きていた。そういうものだ、と思っていたから、寂しさも感じなかった。

かれのまわりにはつねに港町の陽気な娼婦たちがいた——そして、そのじだらくで、陽気で騒がしく、だが気のいい娼婦たちのすべてが幼いイシュトヴァーンの母親がわりであり、姉がわりであるようなものだった。イシュトヴァーンの母親は酒場女だったとはいうが、イシュトヴァーンをなにくれと面倒をみてくれていた女たちがすべて、港町の船乗りあいての娼婦だったことを考えると、イシュトヴァーンの母もまた、酒場女といっても下級なほうの、肉体をもひさぐ売春婦であった、という可能性のほうが強かったかもしれぬ。イシュトヴァーンが母親についてあれこれまわりにきこうとするようなときには、かれの幼さをはばかってか、誰も、そういう話をしようとはしなかったのだ。

娼婦たちが面倒をみてくれていたとはいっても、本当に赤ん坊のうちはそれでは生きてゆけようはずもなく、母が病を得てあっさり死んだのは三歳のときのはずだった。それまでは、実の母親に育てられていたはずである。だが、その記憶はイシュトヴァーンのなかには何ひとつとして残っていない。じっさいには、三歳くらいになれば、いろいろなことを覚えているのかもしれないが、まるでかき消されたように、イシュトヴァーンには、三歳のころ——というより、実の母親のおもかげにまつわる記憶が、一切きれいにないのだ。幼くして死んだ姉がいた、という話もきいたことがあるが、それも、あとから娼婦たちにきかされただけで、当人には何の記憶もあるわけもない。

イシュトヴァーンの記憶に最初にあらわれてくるおもかげは、片目の名博奕打ち、名高いコルドのそれだ。もうすでにそのころ、かなりの年であったコルドが、イシュトヴァーンを事実上育ててくれた男であった。イシュトヴァーンの一番古い記憶のなかでは、幼い自分が、コルドのあてがってくれたサイコロとコロ入れをおもちゃにして、面白がってはやしたてている娼婦たちの前で、得意になってサイコロさばきを披露しているのがもっとも古い。あとは娼婦たちのまとっている色とりどりのきらびやかで安っぽい装束とか、豊満な乳房に塗られた金や銀の色あいとか、目のふちをくまどっている金銀入りの緑の化粧料とか——そしてむせかえるような香料のにおいと酒のにおい、タバコのにおい、そして女のにおい。

イシュトヴァーンは夢のなかでかすかにほほえんだ——確かにそれは日頃悩まされている夢魔の悪夢、怨霊たちの見せる恐しいまぼろしとはまったく違っていた。

こんな光景はかれの苦しい夢のなかに、長いこと出てきたこともなかった。——それでは、おのれも、幼いころには、何もわからないなりに、父母の愛情や安全な安定した家庭にも恵まれていないなりに、ちゃんと幸せだった瞬間、楽しかった瞬間もあったのだ——それは、かれにとっては、長いあいだ忘れられていた事実であった。

かれは娼婦たちが好きだった——娼婦たちもこよなくこのみめかたちのいい、頭のいい、そしてコルドに育てられているので幼い子どもとは思えないようなませくれた口をきくちびが好きで、よく可愛がってくれた。みな、それぞれに何か得意料理を作ってなにかとコルドのところに「イシュトのちびにやっとくれ」となべごと持ち込んできたり、こまごまと刺繍をした子供服を作ってくれたり、屋台のいろいろな菓子を買って、朝までのあらかせぎの帰りにひょいと袋ごと放り込んでいってくれたりした。イシュトヴァーンは、よく家をあけるコルドの留守には、そういう娼婦たちのどれかの家にもぐりこんで、あたたかな寝台にもぐって娼婦たちの胸に抱かれて眠っていた。娼婦たちのなかには、かれをおのれの子供のように可愛がってくれているものもいた。なかには、不幸な境遇で、生まれた子どもをすぐになくしてしまったものも多く、そうしたものたちには、逆に大きくなるまえに同業者の母親を失ってしまったイシュトヴァーンがわが子の生まれ変わりのように見えたのかもしれぬ。

イシュトヴァーンの記憶に残る最初の恐しい出来事——それは、コルドの家に、突然荒々しい怒鳴り声もろともおどりこんできた、あらくれた男どもが、かれのふるえあがっている目の前でコルドをめった打ちにし、袋叩きにする光景だった。コルドの恐しい呻き声がイシュトヴァーンの耳に焼き付いた――コルドのしたばくちのいかさまがばれて、土地の悪党どもの親分の逆鱗にふれたのだ。コルドはかなりの老齢であったので、抵抗することもできず、あばら骨をへしおられ、血へどを吐いてイシュトヴァーンの目の前に倒れた。さいわいに、男たちはイシュトヴァーンには目もくれることなく、ただコルドだけを叩きのめすと家の中を嵐が通り過ぎたようにめちゃくちゃにたたき壊したまま出ていってしまったが、イシュトヴァーンはしばらく恐怖のあまり、がくがく震えながらコルドに駈け寄ることさえ出来ずにいた。

急を聞いて飛び込んできた娼婦のマルナやリサたちがイシュトヴァーンを抱きしめ、コルドを手当してくれたが、老人だったコルドにはこの怪我は負担が重かった。コルドはついにそのまま健康を完全には取り戻すことなく、それから数年後には生まれてはじめてばくちでへまをして殺されてしまった――イシュトヴァーンには、まったく理解しがたかった事件であったが、それがかれの人生で最初の悲劇というわけではなかった。目の前で見てはいなかったが、幼い姉の死や母の死については、しょっちゅう娼婦たちにきかされていたからである。

その事件がおこったのはイシュトヴァーンがまだ十歳になるならずのときだった。コルドの死後、イシュトヴァーンは誰にも頼らず、たったひとりで、コルドがのこした家のなかで暮らさなくてはならなかった。金には困らなかった――コルドはしょっちゅう、べつだん自分はお前の親がわりというわけじゃない、お前を育てる義務なんかないんだ、と云い云いして、イシュトヴァーンに、「自分で、自分の口をちゃんと養う」力を身につけろ、とがみがみ云ったので、イシュトヴァーンは、わずか六歳のときから、十歳、十二歳くらいの近所の悪童どもに連れられて、『戦場かせぎ』に出ることを覚えていたからである。当時のヴァラキアはもう、ロータス・トレヴァーン公の治世となり、いたって平和であったから、ちびの悪童どもが稼げるような手頃な戦場などは、当時国境をめぐっていろいろと紛争のあった、イフリキアとアグラーヤの国境まで出掛けるのである。年かさの少年がやや大きい手こぎ舟をこぎだし、それに数人の仲間をのせて、湾をこぎわたる。そしてイフリキア側の岩陰にこっそりと舟をつけ、上陸して、イフリキアの少年のような顔で国境までたどりつく。この当時はこぜりあいがたえず、あちこちで小さな戦場が残されていた上に、イフリキアの国情もいまだ定まらず、イフリキア内部の抗争もあったので、戦場の死者たちもすぐにはひきとられて葬られることもないままに、放置されていることがあったのだ。また、重傷をおったものたちは、手当も受けられずに置き去りにされ、戦場でうめきながら死んでゆくものも多かった。

不良少年たちは――ときには大人たちまでも――その戦死者や重傷者に闇にまぎれて這い寄っていって、そのふところの金目のものをぬすんだり、よろいや剣など金になりそうなものを集めて持ち帰り、安全なヴァラキアで鍛冶屋に売ったりするのである。すると鍛冶屋が意匠をつぶして作り直し、安く国内で売りさばく——というわけだ。むろん、これは見つかればただちにその場で殺されかねない怒りをかう犯罪でもあったし、また、イフリキア人であれば、さすがに同胞のなきがらに手を出すものは、いかに困窮していてもいなかった。

見つかれば恐しいめにあう、きわめて危険な犯罪であったが、そうであるからこそ、チチアの悪童どもには、またとなくスリルにみちた、やりがいのある《遊び》にも思われたのである。イシュトヴァーンは六歳といってももう背が高く、八、九歳には見えたし、からだもすばしこく、敏捷だったのでいっぱしの稼ぎがしらであり、それでもっと年上の少年たちも一目おいていた。なかには、舟に帰る前に見つかってイフリキアの男たちに殴り殺されてしまう子供や、舟が沈み、ヴァラキアに帰り着くことのなかった子供たちなどもたくさんいたのだが、イシュトヴァーンは「そんなドジはふまない」のを最大の誇りにしていた。

暗い戦場で、あかりもなしに、なきがらをまさぐり、そのふところの財布だの、お守り用の宝石類などをナイフでひもを切り取って集めてまわる、というのは、考えてみればずいぶんと恐しい仕事であったが、イシュトヴァーンにはまたとなく面白く、痛快にさえ思われたのだ。もっともこれはきわめつけに危険な上に、イフリキアの統治がしだいに安定してくると、死体もそのまま放置されることがなくなってきたから、それほどたくさんしでかしたというわけではなかったが、イシュトヴァーンの幼い心には、きわめて驚くべき痛快な体験としてきざまれた出来事であった。その、持ち帰った金は山分けになったので、イシュトヴァーンはそれを最初コルドに見せて殴られ、それ以来警戒してこっそりと床下に隠し場所を作ってそこにためこんでいた。分不相応な大金を使って遊び回り、それであやしまれてつかまってしまう馬鹿な子供もたくさんいたのだ。

だが、すぐにイシュトヴァーンは、あまりにも危険すぎ、陰惨すぎる戦場かせぎよりも面白い、そして金になる《遊び》をいくつか覚えた——ひとつは、コルドの教えてくれるばくち、そしていかさまばくちであり、もうひとつは、あまり口にするのはばかられるようなりわい——かれの母や、母の友達の娼婦たちと同じ、《売春》であった。

イシュトヴァーンは整った目鼻立ちをしていたし、すらりと大柄なきれいなからだつきを誇っていたので、七、八歳ごろにはもう、十一、二歳だと言い張れば通用するくらいになっていたし、十歳をこえたころにはもう、十四、五で通った。もっともみかけはそうでも、じっさいにはまだまだ子供であったから、売春といってもそれほど大袈裟なことをしたわけではない。だが、廓と売笑窟と阿片窟とばくち場と——男盗女娼を地でゆく柄の悪い盛り場チチアに育つ子供たちなら、よほどみめのよくないか、頭のとろいのでないかぎり、「自分のからだを売」れば、こづかいがもらえることくらい四、五歳から知っている。女の子のなかには、十歳くらいでもう、少女専門の娼婦窟につとめに入ってしまうものさえいる。同様に、チチアは女たちだけでなく、男娼、少年娼夫の需要もきわめて多い。

もっとも、イシュトヴァーンは、痛い思いをするのはまっぴらだったし、あとくされがあったりするのもイヤだったので、じっさいにからだを売って金にかえるよりも、もっと悪質な――これももうちょっと年長のものと手をくんでの《つつもたせ》のほうをおもだったやりくちにしていたものだった。要領がよかったのは生まれつきである。そして、暗い戦場で死体をまさぐって金目のものを奪ったり、コルドのうしろでコルドが博奕打ちたちあいてに展開する大いかさま博奕にほれぼれと見とれたりしているうちに、かれは『俺は、地獄のように度胸があるんだ』とかたく信じるようになっていた。むしろ、そうやって、危ない橋をわたり、うまくやって大人たちをだまして金をまきあげることにこよない快感を感じていたのだ。

ときたま、逃げそびれて殴られるようなこともないではなかったが、おおむねは、チチアを知り尽くしたイシュトヴァーンには、この迷路のような街にさえ逃げ込めばどうとでもなったし、また、チチアはかれの最大の味方だった。かれは、しだいに、チチアきっての悪童、不良少年――そして、『チチアの王子様』の異名をほしいままにするようになっていった。一回も切ったことのない、漆黒の長いつややかな髪の毛をうしろでひとまとめにゆわえ、浅黒いつややかな肌と輝く瞳、すらりとのびたカモシカのような手足とひきしまった腰、敏捷なすばやい動きと達者な口――どこからみても、かれはきっすいのチチアの不良であり、「末恐ろしい悪党の卵」であった。そしてチチアの少女たちはそんなかれにあこがれ、チチアの子供たちは年長のものはかれに一目も二目もおき、年少のものはかれこそおのれの崇拝する偶像とあこがれた。イシュトヴァーンのかんばしい悪名は、かれが十二歳、十三歳、十四歳と年をかさねてゆくにつれて、たかまってゆくばかりであった。

チチア以外の場所でなら、それはひんしゅくをかったかもしれないが、輝かしい悪徳の都チチアでは、たくましく、悪知恵にたけており、そしてすばしこくて抜け目がない、というのはまったく美徳でしかなかった。イシュトヴァーンはチチアの悪徳のきらびやかな巷をおのれの海として、のびのびと泳ぎまわり、暴れまわった――楽しい時代であった。まだ、人生はその本当の苦汁を彼にあたえはせず、いろいろ難儀なことがありながらも、毎日が冒険とわくわくするような面白いことにみちみちて、かれは楽々と好き放題に生きていた。学校にもゆかず、本も読まず――いや、読めなかったのだが、すべてが自己流で、いわばそれは、すべての堅苦しい教育をうけている貴族の少年たちが夢にみるような、少年悪党の暮らしぶりであった。誰ももうイシュトヴァーンをとがめるものもなかった――コルドは死んでいたし、娼婦たちはイシュトヴァーンのそういう生き方をとても面白がっていた。当然、十五歳にもならぬうちに女も抱いた。男ともするべきことはしたし、この世のすべての悪さという悪さはすべてなしとげてやる、というほどの意気込みであったものだ。

（そう——楽しかった……あのころが、いちばん……）

十五、六歳のイシュトヴァーンは自他共に認める美少年であったし、それこそがかれにとっての最大のたつきの道であった。女たち、金持ちの年増女だの、ばかな令嬢だのはこぞってかれに夢中になり、金だの宝石だのをイシュトヴァーンが要求するままにみついだ。金持ちの女たちを、抱いていいたい放題いっていれば、いいように金が入ってくるのだ。こんな面白い人生はない、とイシュトヴァーンが思っても何の不思議もなかったに違いない。だがいっぽうでは、その同じ美貌が男性に対しては、イシュトヴァーンの人生をねじまげる障害をいくつかもたらすことになった。ふとしたことで知り合った石屋の息子の敬虔なミロク教徒、四つ年下のヨナを窮地から救い、パロにむけて出航する船にのせてやったり、ヨナに文字の読み書きを教わったりしていたあいだはまだよかったが、ひょんなことで、そのヨナを追いかけまわしていた港湾長官のカンドス伯爵だの、それよりさらにたちのわるい、男色家で有名だったロータス・トレヴァーン公の公弟、《ふとっちょ》オリー・トレヴァーンのお目にとまってしまったりして、身を守るために、そうそうにヴァラキアを出なくてはならないはめになったからである。

十一歳のときに知り合って、それ以来ずっとかげになりひなたになり、かれを庇ってくれていたオルニウス号の船長、カメロンを頼って、オルニウス号に身をたくしてなつかしいチチアからいのちからがら逃亡したのが十六歳のときであった。それ以来もう、ヴァラキアには二度と戻れぬものと思い決めて、カメロンとともに南の海でのふしぎな冒険で遭難しかけたり、カメロンとたもとをわかって南のマグノリアの咲く島で少年海賊稼業に夢中になったり——

思えば、かれほどに、めまぐるしい変転を経て、ありとあらゆる運命の変遷を経験してきたものは、そうはいない、といっていいだろう。あるときは謎めいたふしぎなとざされた国ゾルーディアに入り込んでその国のいまわしい財宝を奪う盗賊団の首領としてはたらき、またあるときにはあまりにいくたびも身の危険を味わってかろうじて生還するを得た海の暮らしについに愛想をつかしてかたぎの傭兵としてはるかなモンゴールで任務についた。かれはいつでも気まぐれで、風のように自由であった。モンゴールの辺境、セム族に襲われたスタフォロス城の業火のなかで世にも不思議な豹頭の戦士と出会い、またもうひとたびかれの人生をねじまげることとなった銀髪にスミレ色の瞳の少女と出会った。それも、もはや、あまりにも遠い昔のようにしか思われぬほど、そののちも、かれの人生は激烈な変転をかさねた。

(もう——あの蜃気楼の草原さえ、思い出せない……)

あれはいったいいつであったのか。

(待っているわ。私、待っている、必ずあなたを待っているわ、イシュトヴァーン——)

幼くはかなかった蜃気楼の恋唄は遠くなり、銀髪とスミレ色の瞳の勇敢な少女はイシュトヴァーンにとっては決して打ち勝つことの出来ぬ人の妻となった。蜃気楼の約束はついえても、五年ののちには王座につき、僭王という異名はついたにせよ、確かに王と呼ばれる身になったのに、すでに少女はひとのものであった。その苦しみも、いまだにかれのなかにはなまなましく残っている。

(だけど、あれは……あの蜃気楼をふたりで見たのは、いつだっただろう……)

長い、いまいちど、おのれの生涯——短いわりにはあまりにもたくさんの激烈な出来事ばかりがあった生涯をあわただしくたどり直しているかのような深い夢のはざまで、イシュトヴァーンは遠く思った。

(恐しく……遠い昔のような……あれは何百年も昔の出来事だったような……そんなわけはない。俺はまだ、そんなにたくさん生きちゃいねえ……)

若いころには、(いまに、俺が老いぼれてからだもきかねえ、しらがあたまのジジイになったらちっさな居酒屋でもやって、その入口で、ひなたぼっこをしながら孫だの、近所の餓鬼共に、俺がどんなにすげえ大冒険家で、どんなすげえ驚くべき冒険ばかり経てきたか、うんとほらをふいてやるんだ……）などという、やくたいもない、だがうら若い漠然とした夢想をしたこともある。——といって、かれはいまなおそれほどの年齢なわけではない。いまだに三十歳にさえみたぬ、まだ充分に若いといっていい年だったのであるが。

（あのころ……あのころが懐かしい……懐かしくて、なんだか、胸が痛くなるほどに……）

《あのころ》というのは、いったい、いつのことだったのだろうか。

いつを思い出せば、それが《若き日》だったのだろうか。まるで、すでにおそろしく年をとってしまった人間のようにイシュトヴァーンは夢のなかでかすかに考えている。

（あんまり、いろんなことがありすぎて……何が、どれのあとで、何があってから、そうなったか、とか、そんなあとさきさえ……）

何もかもわからなくなりそうだ。

（リンダっ娘《こ》——）

（そうだ、リンダっ娘、俺はあいつのことをそう呼んだ……あのきらきらと輝く目——）

そのスミレ色の瞳が、かつてかれをおのれのあととりにしたいと申し出た船乗りの剛毅な瞳とかさなりあう。また、そのむこうに、澄んで聡明な、いまだ十二歳の石屋のヨナの、まっすぐにかれを見る目が見える。

そして、漆黒の夜をたたえた不思議な、深い目――

（誰の……誰の目だろう、これは……）

（リーロ――お前か。リーロ、お前、どうしてるんだ？　まさか本当に……どうしたんだっけ。お前はどうして、いなくなったんだっけ……）

それは、おのれがいっとき、とても可愛がっていた可愛らしい聡明な子犬の名だっただろうか。チチアの港町で、ふとひろって、孤独を慰めるためにこよなく可愛がっていた、すらりとして聡明な犬の名だっただろうか。

それとも、かれを愛して抱きしめてくれた、あの豊満な南の島の女――

（なんてったっけ。ああ――そうだ、ナナだ、ナナ……マグノリアの花の甘い香りがした……マグノリア祭の夜だった……）

啜り泣いていたうら若い少女。

そして、豪華な輝かしい金髪と緑色の瞳――

（やめろ）

夜ごとの悪夢が、ゆるやかにかえってこようとする思いに、はっとイシュトヴァーンはうめいた。

おだやかとはいえないまでも、愛したものたち、愛されたものたち――

運命にもてあそばれ、結局は結ばれることは得なかったけれども、それでも、かれの人生にいっとき、甘やかな愛の夢を運んでくれた女たち、子供たち——そして、男たち。それへの、たゆたう胸のいたむ懐かしい追憶が、夢魔の悪夢にふたたび侵食されてゆこうとしている。

(やめろ。あっちへゆけ——もう、たくさんだ。お前にはもう、うんざりしたんだ……もう俺につきまとうのはやめろ……)

沿海州のヴァラキアには、あんまりそういうあやしげな言い伝えはないが、迷信深いクムでは、「夢魔には三通りの夢魔がいる」と伝える。

ひとつは、もっとも軽い、ひとの夢を食って生きているので、おのれの餌とするためにひとの眠りに悪夢をしたたらせてまわるといわれるぶきみな黒い夢魔、エライアス。それにはつれあいの女夢魔、アライアがついとしており、男の悪夢はアライアが、女の悪夢にはエライアスが忍び込んで、その夢を犯すのだ、といわれている。

もうひとつは、もうちょっとたちの悪い、淫魔と呼んだほうがふさわしいような、淫夢ばかりをひとにもたらすみだらな夢魔、エイリーア。アライアの姉妹だったともいわれるが、両性具有で、眠っている者にまたがって強引に交わり、その交わったところから、悪夢がそのものの眠りのなかにやってくるのだという。

いまひとつ、もっとも恐しいといわれているのは、悪夢をつかさどる神、ヒプノスである。その名が黒魔道で使う夢魔の術、夢の回廊の術にも使われているとおり、ヒプノスは満たされぬ不幸な魂のなかに入り込み、夢をみさせ、その夢をくらってはまた夢を送り込み、悪夢と淫夢と、そしてしばしの麻薬のような幸福な夢とを交互に送り込んで、ついにはそのとりつかれた人間を取り殺してしまう、といわれるのだ。

(ヒプノス……)

おのれは、知らぬあいだに、ヒプノスの眠りに魅入られてしまっているのだろうか——

——眠りのなかで、イシュトヴァーンはかすかに思った。

2

(俺は……)

ここはどこだろう。

いまは、いつだろう——いつしかに、それさえも、もう、さだかではなくなっている。かろうじて、おのれが何者であるか、だけは覚えていたが——それも、しだいに、渦巻く追憶とあやしい思い出の渦巻きのなかに、飲み込まれていってしまいそうだった。

(俺は——俺はイシュトヴァーン、俺は……)

(俺はチチアの王子)

(俺は赤い街道の盗賊団の若き首領……)

(俺は——俺は南の海の海賊団をひきいて……宝島にむかって乗り出す……)

(俺は——俺は……)

あるときはモンゴールの傭兵となり、またあるときはモンゴール貴族の妖艶な夫人の若き愛人でもあった。

輝く瞳をもつ未来の王でもあり、そして——

（王……）

（王だ。そうだ……俺は）

（俺は王になる。——玉石を握って生まれてきた俺は、いつかきっと王になると、とりあげばばあが予言して——そして、それで俺に名をつけた。古代の偉い王の名を、イシュトヴァーン、と……）

（娼婦どもは笑ったそうだ……チチアの酒場女のせがれの名に、古代の王さまかい。なんとお偉いこと……名前負けするんじゃないのかい、と……俺の母親はなんと答えたのだろう。それについては、だれも、教えてはくれなかった……）

（俺が、昂然と——『俺の名はイシュトヴァーン』と名乗ったとき……あいつは笑った。それまでに俺の名をきいて笑った何人かの馬鹿どものように馬鹿にした笑いではなく……目元をくしゃっとほころばせて、『よい名だな』といってくれたんだ……俺は、それがとても嬉しかった……）

あれは、はるかなチチア——いったい、何年の昔になるのか。

なぜ、チチアのこと、そしてモンゴールのこと、草原の蜃気楼のことばかり、思い出すのだろう……

イシュトヴァーンのなかにかすかな疑問があった。あまりにも、思い出すのが辛い追憶がそのあとしだいに彼に押し寄せてくるからだ、とは、思わなかった。むしろ楽しい追憶のほうが、あとで思い出せばいっそうつらくなる、とかれはずっと信じていたからだ。

だが――

(イシュト――イシュト)

誰かの呼ぶ声がする。

(誰だ、俺を……誰だ、俺を深い波の底から呼んでるのは……)

(お前か、ラン! お前だったのか!)

ライゴールのランは、遠い昔、かれがまだ十五歳のときにチチアで知り合い、そののち、かれがうら若い、若すぎる海賊としてレントの海をのし歩いていたときに、かれの右腕としてともにいくつもの島を旅して歩いた。そして、あの恐しい宝島の一件のとき、かれを助けようとしてむざんにも若いいのちを落としてしまったのだ。

(お前か、ラン――いま、お前がいてくれたら……お前さえいてくれたら、俺はどんなに……)

(それとも、リーロ、お前か? 俺を呼んでいるのは……俺を――)

ふいに、イシュトヴァーンの目がはりさけるほど見開かれた。

といっても、それは、あくまでも夢の、深いあやしいヒプノスの悪夢のなかのことであったから、まこととは、かれの落ち窪んだ目はかたくとざされたままだったのだが――

(き――さまは――!)

薄暗い室の片隅に――

うっそりと、まるで醜い蝦蟇《がま》さながらにうずくまっている黒っぽい姿。

ずんぐりと小さなその姿、背中にこぶのように盛り上がっている肉、陰惨に光る片目
――

(きさま! 生きて、生きていたのか!)

急に、恐しい恐慌がイシュトヴァーンをとらえた。

その名をさえ、口にすることがなくなって、やはりどのくらいたっていたのだろう。

もう、とくに忘れた、と思っていた名だった。口にしたくもない、思い出したくもない、あまりにもにがいいやな思い出や、もっと胸の痛い傷とともにきざみこまれてしまっている、その名――

(アリ――!)

(畜生、てめえ! なんのうらみがあって、化けて出てきやがった!)

蜃気楼の草原も――

ライゴールのラン、かれを庇っていのちまでも捧げてくれた無二の親友との、懐かしくも胸のいたむ思い出も、可愛らしいリーロも――優しいカメロンも、蜃気楼の少女も

すべて消え失せた。

ぎらぎらとぎらつくひとつだけの目が、じっとかれを妄執にみちて見据えていた。そのねばつく視線でじろじろと、飢えた渇望と妄執をたぎらせながら見回されることを、どれだけ、かれは、毛嫌いしきっていたことだろう。

(なんで、よりによって、きさま——出てきやがったんだ、この俺のところに!)

(イシュト。——イシュト)

かすかな声。

いまでは、それはもう、アリ——モルダニアのアリストートスの声であることが、はっきりとわかっていた。その、ひきがえるのように横に広い、ぶざまな口から、にぶい、だがはっきりとした声が洩れてくる。

(イシュト。……イシュト——イシュト……)

(呼ぶな、こん畜生。俺の名を口にするな。きさまに口にされるとへどが出る)

(どうしてだい、イシュト……俺のイシュト)

にぶい声が、かすかな嘲弄とも、哀願ともつかぬひびきをたたえる。イシュトヴァーンは全身で、水におちた犬のように身震いをした。

(俺のイシュト、だと? きさま、それ以上ぬかしやがると……)

(どうしてなんだい? だって、あんたは、俺のイシュト、だろう? それ以外のなんだっていうんだ……俺が、いつだって——あんたを王座につけるために、ありとあらゆるおぜんだてをしてやったじゃないか……じっさい、俺はあんたになんだってあげただろう？　時間も、頭も、忠誠も、命さえもついに……あんたに捧げて、あんたに気にいられようとしたじゃないか？）

（だのに、どうしてあんたはいつでもそんなにつれなくしたんだい——じっさい、あんたがそうやって俺を毛嫌うたんびに、俺は身も世もない思いをしていたもんだよ……だから、もっともっと、あんたにとって大切な、どうしても、どれだけ嫌っても俺がいなくちゃあどうにもならないほど重要な人間になってやろうと思って……俺はますます夜の目も寝ずに頑張った。……じっさい、どんな奉仕だってしてやっただろう？　何から何まで——あんたに気にいられるためにだけ……）

（なんで、なんで出てきやがった）

イシュトヴァーンは呻いた。ぞっとするような悪寒が突き上げてくる。こらえきれぬイヤなえづき、まだその正体は知れないが、しかしぞっとするようなえづきに、全身がおさえきれず震えだしているのだ。かれは思わず両手でおのれのからだをかかえこもうとした。ひどい寒さに襲われたのだ。だが、まるでからだじゅうがしびれてしまったようだ。手をうごかすことも出来なかった。

室の片隅に、《アリ》の黒い不吉な小さなすがたはうずくまったまま、じっとこちらを見つめている。その片目は、生きているときにかわらぬ渇仰を秘めて、永遠の飢渇をたたえてイシュトヴァーンを見つめている。

(なんでこんなとこに——そうだ、きさまはもうこの世のもんじゃねえんだ。俺が——そうだ、俺がこの手で叩っ切ってやったはずだ。きさまはもうこの世にいねえんだ。きさまなんか、ただの幽霊にすぎねえんだ。——なんだって、またまたしつこくも俺のとこに出てきやがった……)

(そうだよ、俺はもうただの幽霊なんだよ。だったら、怖くなんかないだろう? ちっとも、俺のことなんか怖くないだろう、イシュト? いつだって、俺がどんなにあんたに憧れ、あんたを大事にしてたか、知ってるだろう——俺がどんなにあんたを欲しがってたかも。……だったら、その俺が、あんたに悪いことをするわけはないだろう? こんなに憧れているんだから……こんなに、あんたを大事に思っているんだから……)

(抜かすな。もう一度、叩っ切られてえのか、この極悪人め)

(なんでだい、イシュト)

アリの見かけはまったくかわらぬ。

暗がりにうずくまっているのでそのひとつだけの目があやしく白く光っている以外には、表情もそれほど見てとれぬまま、ただぶきみなぼそぼそとした声がもれてくる。

(なんだって、そんなにずっとずっと俺を毛嫌いしてくれたんだい。——俺がそんなに不細工だったからかい。ああ、それはそうだとも——俺を愛してくれたのは、俺の生まれてこのかた、俺を生んだ母親しかいなかったよ……その母だって、俺のことは、とてもみにくくて、正視にたえないと思っていたものだ。——しかもからだをこんなにしてしまってからは……そのころはもう母親だっていなかったし。俺はいつでもどこでも、石をぶつけられ、醜い黒ひきがえる《ゲルバー》と罵られ、娼婦でさえ、ちゃんと金を払って俺が買おうとすると断りやがった。なかには俺に抱かれるくらいならといって身を投げて死んじまった妓さえいたくらいだ。あんたにゃわかるまい、イシュト——生まれついて、そんなに美しく、すらりとして、竹みたいにまっすぐで——どこからどこまで、光り輝くように綺麗に生まれたあんたにはわかるまい。俺は……最初にあんたを見たとき、こんな綺麗なもんが、この世の中にいるんだなあと思った。——女なら不思議はなかったが、男で、俺と同じ男でこんなにも綺麗な、こんなに美男子に生まれつくものがいるんだなあと思って、不思議で不思議でならなかった——イヤだねえ、イシュト、そのせっかくの綺麗な顔に、こんなむざんな傷をつけちゃうなんて。なんて、勿体ない、なんてばちあたりなことをするんだ——その傷に、ふれて直してやりたいよ)

(触るな)

イシュトヴァーンは獰猛に唸った。

(俺に指一本触れて見ろ。ただじゃおかねえぞ)

(ただじゃおかねえって、どうするつもりだい。俺はいまは、もう、ただの怨霊、幽霊なんだよ。――ただじゃおかねえって云われたってさ――俺に何ができるってんだい。もういっぺん切るつもりかい――一度死んだ人間を、もう一回斬り殺すことなんかできないよ)

ククククク――

不気味な低い笑い声。

イシュトヴァーンはぞっとして両手で耳をおさえようとしたが、またしても、からだはまったくといっていいほど動かなかった。

(く……そ――)

(どうしたんだい、イシュト――俺の大事なイシュト)

アリの怨霊は、ねこなで声でささやきかける。その目が、いっそうあやしい赤い光を放った。

(そう、あんたは綺麗だった。ほんとに光り輝くように綺麗だった――いや、いまだって、俺の目には、充分あんたは綺麗に見える。すっかり痩せて、きつい顔になって、ほっぺたにむざんな傷まで出来てしまったけれど、それでもあんたは俺にはこの世で一番美しい人に見える。――俺が、そのために命まで落とした人だからね。俺が、そのためにあんな小さな子までむざんに手にかけた人だからね。――そのおかげで、俺は死んでからまで、こうして妄執のなかでさまよっていなくちゃならないのだからね……）

（き――さ――ま！）

イシュトヴァーンは喘いだ。ふいに、電撃のように、無残な覚醒と理解が落ちてきた。

（そうだ、きさま――きさまだ！　リーロを殺したのはきさまだ！　きさまがやりやがったんだ。むざんにも殺してしまった！　何の、何の罪もなかったのに、あんなに小さかったのに！　あいつが、俺に気にいられてる、俺があいつを愛してるというただそれだけで！　きさま、よくも、あんな――あんなむごい、可哀想なことを――！）

（そうだとも。俺が殺したよ。あの小僧は俺が手にかけたよ）

ククククク――

不気味なくぐもった笑い声が答えた。

（当然じゃないか？　俺よりももっと、あいつはあんたに気にいられてた。いや、あんたは、カメロン船長だの――ナリスさまだの、あの小僧だの……いろんな人に夢中になったくせに、この俺には、あんたを好いていることでさえ、許しちゃくれなかった。――だから、殺したのさ。あの小僧のやわらかなのどをこの手でナイフで切り裂いてやったのさ。ずいぶんと血が出たよ――あの子どもは、殺さないでくれと懇願したよ……小さな両手をあわせて、殺さないで、と叫んだよ。あんたの名を呼んで、イシュト、イシュトって、まるで自分のものみたいに生意気だったから――殺す前に、うんといたぶってやった。それでも腹がいえなくて、殺してからばらばらにしてしまった。そして、森のオオカミに食わせてしまった。——俺のことをあんなに憎んで、ひどい仕打ちをしてるあんたに、愛されてるなんて、許せなかったからね——ただの餓鬼の分際でさ……)

(なんて——なんてことを……)

イシュトヴァーンは、こみあげてくる嗚咽に呻いた。リーロの幼い聡明な顔がまぶたにうかび、あまりにもにがい熱い苦しみの涙がこみあげてくるのをどうすることもできなかった。

(なんでそんな……いったいあいつが何をしたというんだ。たった十歳だった——まだたった、十歳だったんだぞ！　きさまは、おぞましいやきもちをやいて、あんな——あんな小さな子どもまで……)

(当然じゃないか？　あんたが、あの子を可愛がってやってたことは……許し難い罪だったよ。どういうふうに可愛がってたんだか、これは知れたもんじゃない……俺がもぐりこませた間諜は、あんたとあの子が同じ寝台で寝てたといったけど、あんたはそれだって、家族として添い寝をしてただけだっていうんだろうな……)

(当たり前だろう！　たった十歳の子どもにそんな変なことをする奴がいるか！　貴様じゃあるまいし！)

（変な言いがかりをつけるね。俺は子どもになんか、何かしたいと思ったことは一回もないよ。俺がなんかしたかったのは――抱きしめて、ただとにかく抱きしめて頬ずりして、いつまでもなでまわしていたかったのは、あんただけだったんだから……）

（やめろ！　おぞましいことをいうな！）

（どうしてだい、イシュト――あんたは、チチアで男どもにもとてももてたことを、平気で自慢していたじゃないか？　金で男どもに身をまかせたり、そうした男どもが一人残らず自分に夢中になったって――カメロン船長だってそうだったって、いつだって自慢してたじゃないか？　そうやっていつだって、目の前に御馳走をぶらさげて、俺にだけは何ひとつ、それこそしっぽのかけらだって分けてくれなかったじゃないか。それや、俺だって気のひとつも狂おうというもんじゃないか、ええ、イシュト？　そうだろう？）

（きさま）

イシュトヴァーンは恐しい声で怒鳴った。少なくとも夢のなかでは、怒鳴った、と思った。

（いったいなんでこんなところに出てきやがったんだ。俺は貴様になんか、これっぽっちも用なんかねえんだ。とっとと消え失せろ――もう貴様のことは、リーロの敵討ちだって、俺がこの手できさまのそのきたならしい命を断ってケリをつけてやったんだ。いまさら、俺の前になんかあらわれる理由など、何ひとつねえはずだぞ。なんだって、いまじぶんになってこんなところにのこのこあらわれやがる。とっとと地獄に消え失せやがれ、このくそ幽霊め！　そこだけが、きさまに唯一ふさわしい居場所なんだ）

（なかなか、云ってくれるね、イシュト）

　ククククク——

　また、亡霊が笑った。

（相変わらず威勢がいいね。死にかけてるというのに……）

（死に……）

　イシュトヴァーンは目を見開いた。

（死にかけてる、だと？）

（そうだよ。気が付かなかったのかい？　だから、俺が、こうして迎えにきてやったのじゃないか、いそいそとね——やっと、待ちに待ったあんたが、ドールの黄泉の国に落ちてこようとしている。だのにあんたは未練がましいし、若くて頑健だから、なおもまだ未練たらたら、そうやって現世にしがみついていようとする。——だから、俺が迎えにきたんだよ。一刻も早く一緒になりたいとね。いいじゃないか、イシュト——早く一緒にゆこう。この怨霊のさまようたそがれの国でなら、俺だってもう何もうらみつらみもない。俺を切ったことだって、もうどうだっていい。うつし世であんたを思いのままに出来なかったって、それであんたが俺のうらみにしばられて、たそがれの黄泉の国で俺のものになるのなら、俺は——）

（消えろ！）

イシュトヴァーンは絶叫した。

それから、ふいに、異様な声できいた。突然に、氷のような何かが、かれのなかに差し込んできたのだ。

（俺は——）

彼はうめいた。誰にむかってきいているのかも、判然とはしなかった。

（俺は……死ぬ——のか？）

誰もいらえなかった。アリの怨霊は、ただじっとそこにうずくまって、陰惨きわまりない喜悦にひとつしかない目を輝かせながら、音もなくかれを見守っている。

（俺は死ぬのか？　何故だ？　いったい、俺は——俺はどうしたっていうんだ？）

（あんたは——あの豹頭の戦士グインに刺されたんだよ）

アリの亡霊が、陰惨な満足をこめてささやきかけた。ふいに、室の反対側の隅で、ざわざわっと何かの気配がゆれた。

（あんたは、あれだけ信じていたあのグインに無残に裏切られ、あくまでも力で決着をつけようと——グインを手にいれることができないんだったら、おのれの手で殺そうと決意したとたんに、やつの剣に突き刺されて倒れたんだよ。やつは血も涙もなくあんたを貫いた——あんたは倒れ、そしてゴーラ軍は唯一の軍神が負傷したのをみて半狂乱に陥って軍をひいたのだよ）

（軍を——ひいた——だと）

イシュトヴァーンは怒鳴った。ルードの森の凄惨な血塗れの記憶がかすかによみがえってきた。

（馬鹿をいえ。いったい誰が、そんな余計なことをしろといった。俺は、もういまは千万やむを得ない、きゃつを討ち取れといったんだ。マルコ、マルコ、マルコ！）

（もう、遅いよ）

ニッタリと笑いながらアリがささやく。

（あいつは逃げちまった。あいつはあっさりとあんたを斃《たお》し、そして自分は黒太子スカールともどもとっととユラ山系に逃げ込んでいっちまったんだ。——そして、あんたはあわててあんたを収容したゴーラ軍の本営で、おろおろしてる部下たちもなすすべもなく、ただ寝かせて様子をみているばかりの無能さのなかで、一人だけでゆっくりと死にかけてるんだ。あんたはもう助からないよ。たんと血も流した——あんたの赤いきれいな血がずいぶんとあの戦場に流れたんだ。そしてマルコのよろいを真っ赤にしてしまった。それをみて誰もが、ああ、もうイシュトヴァーンさまは駄目だと思ったんだよ。こんなところであたら軍神といわれたイシュトヴァーンさまがいのちを落とすとは——だがそれもしかたがない、相手はなにしろ本当の軍神、ケイロニアの豹頭王グインなんだ。——そして、あんたはもう、誰にもみとられずにゆっくりと息を引き取りかけている。もう、あんたの時は満ちた。そう、ドールの鏡が決めたんだ。だから、俺は——あわてて、永遠に俺のような呪われた成仏できない魂がさまよってなくてはいけない黄昏の国から、あんたのところへ出てきたんだよ。あんたへの俺の妄執はちっとも消えてない。だからそれがあるかぎり俺はいつでもただちにあんたのもとにあらわれることができるんだからね)

(なん……)

イシュトヴァーンは、叫ぼうとした。

だが、ふいに、底知れぬ苦しさが突き上げてきて、大声を出すこともできなかった。にわかに、脇腹のあたりが焼けつくような激痛に貫かれた。まるで真っ赤に焼いた鉄棒でも突っ込まれているかのような痛みに、からだを二つに折ることもできなかった。イシュトヴァーンは痙攣しながらからからだを硬直させた。

(あ——あああッ——)

(気が付いてなかったのかい？　イシュト)

ねこなで声でアリの怨霊が囁く。その目が赤くあやしく燃え上がる。

（あんたの傷はとてもとても重いんだよ。前にあの赤い街道でさ——スカール太子に切られたときのことを覚えているかい？　あのときは、俺が夜通し看病してあげたよね——あんたはずっと寒い、寒いと呻いて苦しみ続けていた。体温がどんどんさがって、だけどなにせ深い森のなかだ、火をたくこともできないし、くすりも医者も何ひとつなかった。しょうがないから、俺がずっとあんたを抱いて、抱きしめてあたためていてあげたんだよ。嬉しかったよ——もしあんたが死んでしまっても、俺はこれで満足だろうと思うくらい、あの一夜は俺にとっては素晴らしかった。夢のようだった。あの一夜の思い出だけを一生大切にしていたようなものだった——それ以外では、それこそ大けがでもして意識不明にでもなっていないかぎり、あんたは金輪際、俺に触らせてさえくれなかったからね）

（ウ……ク——ッ……）

（苦しいのかい？　あのときより痛いかい？　ひどい奴だね、あの豹頭王は……かりそめにも友達だのどうのと口にしながら、何の容赦もなくあんたを殺そうとした……いや、それより悪いやね。殺したんだったら、それはそれだよ——だが、あの場であんたが殺されてしまってたら、それこそすべての望みを失ったゴーラ軍はひたすら王様の仇討ちに、五千人総掛かりででもグインとスカールを討ち果たすしか望みはなくなっていただろう。それを見越して、あの豹頭の悪魔は、あんたの本当の急所をはずして、その場では死なない程度の傷しかおわせなかった。――まあ大変な技術だが、いっそあの場で殺されてたほうが楽だったのにね。そんな重傷をおわされて、しかも命は奪われなかったから、いまこうして死ぬより苦しまなくちゃいけなくなってしまったんだ。本当に、ひどいやつだよ、あの豹人は）

（俺は……）

幽霊の言葉など、イシュトヴァーンは聞いていなかった。苦しさに脂汗がにじみ出てきた。歯をくいしばり、食いしばった歯のあいだから、イシュトヴァーンは呻き声をもらした。

（俺は――死ぬ――のか……？）

3

陰惨な毒々しい喜悦をしたたらせるかのようなアリの声がかえってきた。

即座に——

（ああ）

（あんたは、死にかけてるんだよ、イシュト。——あんたは死ぬんだよ。こんなところで……ルードの森も近いこんなへんぴなところで、誰にも看取られず、たったひとりで、恐しく苦しみながら——あたら二十八歳のいのちを落とす、その波乱にみちた生涯を閉じるんだよ、イシュトヴァーン）

（そんな——馬鹿なことがあるもんか……）

イシュトヴァーンは食いしばった歯のあいだから呻きつづけた。しだいに苦痛はたえがたいほどの激痛になって、脳天まで突き上げてきていた。

（俺は……死なねえ。死んだりしねえ……そんなわけがあるか。俺はいつだって、強運だったんだ。本当に強運で——この世で一番運の強いやつだとさえ……てめえでてめえのことを思ってた――こんなとこで――たかだかそんな傷をおったくらいで――死ぬなんてことがあるか。そんなことがあるわけねえ……)

(だが、あんたは死ぬ。もう助からないんだ)

執拗な喜びをこめて、亡霊がくりかえした。そして、ゆるやかに、はじめて薄暗い室の片隅の暗がりから身をおこした。ゆらり、と何か鬼気のようなものがたちのぼるぶきみな気配があった――立ち上がったのはアリの亡霊ひとりのはずなのに、なんだか、室の中にずいぶんと大勢の人間――あるいはかつて人間であったものがいるような気配があった。イシュトヴァーンは苦痛にうめきながらも、何か冷たい手で背筋をなであげられたような思いにぞっと身をふるわせた。

(うるせえ、黙れ。この幽霊め――きさまが俺をだまして取り殺そうとしてるんだ。俺は死なねえ――俺は決して、こんなことじゃ死なねえんだ。俺は、宿望を達成しないかぎり、決して――たとえどんなことがあったって……)

(だが、あんたは、もう宿望を達成しちまったんだよ、イシュト)

嘲笑うように、亡霊が答えた。

(何――だと……?)

(だってそうだろう? あんたの夢は、野望は『王様になること』だったはずだ。そして、あんたはいまやゴーラの国王だ。立派な、ゴーラという大きな国の国王陛下とよばれる身になった。みながあんたをイシュトヴァーン陛下と呼ぶ——あんたは玉座につき、王冠をかぶり、王のマントを肩からかけて、威張っていられるようになったんだよ。もうあんたは一介の傭兵でもなけりゃ、ただのうら若い赤い街道の盗賊でもない。レントの海の海賊でもないし、チチアの王子でもないんだ。あんたはイシュトヴァーン陛下、ゴーラ国王イシュトヴァーン陛下なんだからね！）

（ウ……）

イシュトヴァーンは苦しさに身をふたつに折って呻いた。どこが傷で、そこから恐しい苦痛がこみあげてくるのかもわからないくらい、全身が衰弱し、からだじゅうの力がからだじゅうから流れ出してゆきつつあるような気がする。それが、死ぬ、ということなのだろうか——そんな思いがかすかにかれの脳裏をかすめる。

（そうだろう？　だから、あんたはもう最大の宿望は達成してしまった。だけど、可哀想に、あんたは、三年たったら王になって戻ってくるから、それまで必ず待っていてくれ、とあのむすめに約束して、それで王になろうと願ったんだったよね。……だのに、あの浮気女はたった三年が待てずにあんたの《あの人》の妻になってしまった。あんたはあのうるさい金髪のアムネリスを女房にして、それでモンゴール大公の夫、大将軍という地位を得て、それからゴーラの国王に成り上がったけど、それであんたは何を得たんだ？）

(うるせえ……く、くそ……うるせえ、黙れ——ああ、苦しい……くそったれ!)

(可哀想に、そんなに怒るといっそう死期を早めるばかりだと思うよ……もっと血も出るし、命だって、流れ出ていってしまうだろうからね。……それであんたはいったい何を得たというんだろう? あんたは、結局のところ、何を得たんだ? あんたは好きな女をひとり、手に入れることさえ出来なかった。あんたがそのかわりに得たのはヒステリーの、あんたを憎んでる我儘女だ。そしてあげくのはてに、その女はあんたを裏切り、あんたはその女を裏切り、お互いに憎みあったあげく、不幸な呪われた息子を残して女はまるであんたを永遠に傷つけるためのように自害してしまった……)

(う——るせえッ! あの——あのあまのことは云うな!)

(どうしてだい——イシュト、ああ、イシュト? どうして云われたくないんだ? あの女のことを考えると、何かあんたが傷つくことでもあるというのか? まさか、本当は、あの女、モンゴール大公のあの女、あんたがいとも簡単にだまして、それからいとも簡単に捨ててしまったあの女が好きだった、なんて云わないだろうね?)

(俺は、あのあまを捨ててなんかいねえ。俺は——)

(だが、幽閉し、ありとあらゆる自由をとりあげ、そしてさいごには命までも奪ってしまったじゃないか)

(俺じゃねえ。なんだってそんなことを云いやがるんだ、この幽霊野郎! 俺じゃねえ。

俺が——殺したんじゃねえ！　あの女は俺がいねえあいだに勝手に——勝手に、あの餓鬼を残してひとにおしつけて……）

（そして、あんたへの綿々たる恨みを残してみずから命を絶った。——もちろん、あんたがしたんだよ。なぜ、そんなことを気にするんだ？　あんたがどうしてそんなことをいまさら気にするなんて……おかしいよ。だって、あんたは、俺だってあっさり容赦なく切り捨てただろう？　それに、もっともっと——あの火の谷で老マルス伯爵と青騎士団の兵士たちを焼き殺したし、それにあの暗い森のなかで、あの娘、スカール太子を庇うために飛び出してきた、健気なあの草原の娘を……）

（黙れ！）

イシュトヴァーンの声は、知らず知らず悲鳴のように高まっていた——

「あれは俺じゃない。——俺のせいじゃないんだ。俺が悪いんじゃない……その女が——その女が、勝手に俺の前に飛び出してきたんだ。俺は……」

それが夢のなかであったのかないのか、もはやイシュトヴァーンにはわからなかった。本当に声が夢の外までもほとばしっていたのかどうかもわからない。

「陛下！」

誰かが、激しく叫ぶ声がかすかにきこえたような気がしたが、それもどこからきこえてくる、誰の声なのかもわからなかった。

（殺すつもりじゃなかった。殺すつもりじゃ……）

（だが別のときには、殺すつもりでたくさんの人間を殺したじゃないか？　あのじいさん、フェルドリックのじじいだって殺した。もっともっとたくさん、戦場ではそれこそ数えきれないほどの人間を殺した。それだのに、いまになって、あのアムネリスひとりのことで、そんなことをいうなんて、おかしいよ。――いまさら、あんたが殺した人間がひとりやふたり、増えたところでなんだというんだ？　あんたはどうせもう、血まみれなんだよ……あんたの殺した人間たちの怨霊と怨念をうしろに背負ったまま、ずっと苦しんできたんだ。――ほうら、そう、忘れていただろう――《あの人》だってそうだよ。あの人だって、あんたがああしてマルガからひきさらって、病気で動けない、それもひどく弱っていた《あの人》を戦場をひきまわしたりしたから、衰弱して、死んでしまったんだ。あの人だってあんたが殺したと、みんな思ってるさ――パロの王家も、パロの人民も……もちろん、旧ユラニア大公家に忠実な旧時代の市民たちは、あんたがネリイ公女とタルー公子を殺したことを忘れちゃいない。そしてモンゴール人たちは、アムネリス大公の恨みを決して忘れることはないだろうし――ハラスも、目の前で殺された仲間たち、同志たちの恨みを忘れはしないだろうよ。だが、あんたはまたハラスだって殺してしまう、処刑してしまうんだ。そうなんだろう？）

（違う）

叩きつけるようにイシュトヴァーンは答えようとした。だが、声が苦しく、とぎれとぎれになった。

(俺じゃない……俺は、《あの人》を殺してなんかいねえ……あれは俺じゃない。たとえ誰がなんといって非難しようと、リンダがなんといおうと、あれは——あれだけは俺じゃねえんだ。俺は——あの人が死んでほしくなんかなかった……)

(死なせたくなかったのに、あんたが手をふれたら、はかなくかよわい《あの人》は死んでしまった。——まるで、あんたの指がふれるのこそが、あの吟遊詩人のサーガにいう、《呪われた指》をもつ《死の国の王子》ドルーリアンそのものの指だとでもいうようにね——そう、あんたは昔なんて呼ばれていた? 昔は、それは、ほとんどただのざれごとみたいにいわれていた——《災いを呼ぶ男》と。あんたは、それをむしろ自慢にしていた。そして、そのことを何回も誇っていたものだ。だが、いまとなってはそれは、冗談でもなければざれごとでもないことがはっきりした。あんたは、まさしくこの世に放たれた死神にひとしい——あんたの行く先々で、次々と人々は死に、滅び、あるいは自らをほろぼしてゆく。なんと、恐しいことだろうね? あんたは、まさに、この世に放たれた生きた死神そのものだよ。……そうして、いまや、その死神の呪詛は、当人にかえってきたってわけだ。——ありとあらゆる、あんたを愛したり、あんたを求めたり、あんたを好きだったり、あんたを信じた人間たちを、裏切り、破滅に導き、ほろぼし、自殺させ、その手で斬り殺し――焼き殺し、くびり殺し、衰弱させて殺した揚句に、今度は、いまようやくわれわれ怨霊が待ちに待っていた、《あんたの番》がきた、ってそういうわけだ。われわれが、どんなにいま歓喜し、ざわめきたち、きおいたってあんたをわれわれの仲間に迎え入れようとしているか――あんたにはわかるまい。そうだろう？　それとも、わかるかい？）

（うるせえ……あっちへ行け。消えちまえ。くたばりやがれ、この怨霊め……）

（生憎と、我々はもうみんなくたばってしまってるんだよ。あんたのおかげでね）

ひいひいひい、と奇妙ないやらしい声をたてて、怨霊が笑った。笑って、笑って、笑いこけるほどに笑った。

（だから、もうこれ以上くたばりようがないってわけだ。――これからくたばることが出来るのは、あんたしかいない、そうだろう？　だって、俺たちはみんな死んで、くたばっちまってるんだからな！）

また、怨霊が、ひいひいひい、と耳障りな声をたてて笑った。愉快で愉快でどうにもならぬ、というようなようすだった。

アリの怨霊とおぼしきうずくまったグロテスクな黒い影のまわりに、もっとずっとぼやけた、もやもやとしたえたいのしれぬ影がいくつもあるのを、イシュトヴァーンは、苦痛にかすむ目でにらみつけた。それはひとつひとつのわかれめもさだかではないくらいにもやもやしていたが、しだいに妙にはっきりとしたすがたかたちをとりはじめているようにも見えて、それがなんともおぞましかった。いまでは、最初は漠然とした気配にしかすぎなかったものたちが、黒いもやもやとしたかたまりになり、その上部に明らかに光るふたつの目があらわれて、じっとこちらを見守り続けている。だが、かれらは、まだ、寝台にむかって殺到してくるためには、なにかがイシュトヴァーンのいる寝台とかれらのあいだをはばんでいる、と考えているようだった。

(もうちょっとだ。もうちょっとの辛抱だよ、みんな、仲間たち！)

アリの幽霊が耳障りな金切り声をはりあげた。

(もうほんのちょっと待てば、いよいよイシュトヴァーンが我々のところに落ちてくるよ！　どれだけ待っていたことか、どれだけ長かったことか！　なあ、そうだろう、みんな？)

ざわざわざわ——

いっせいに黒くもやつくあやしい影がゆらめいて、賛成と喜悦のもやもやを立ち上らせる。

(いつだって——それぞれに殺されたとき、イシュトのために死んだときは別々でも、それからあとはずーっと、俺たちは長い、長い夜の中をうめきながら、じっと我慢してイシュトが俺たちのところまでやってくるのを待って、待って、待ち続けていたんだ。

そうだろう？　みんな！

声にならぬざわめきがゆらゆらと揺れる。

（なんて長いこと待っただろう。なんて長い、なんて暗い夜だったろう！　だが、みんな、喜べ！　もうじきイシュトが、俺達のイシュトヴァーンが、俺たちの仲間入りしてくれるんだ！　こんな嬉しいことがあるか？　ずっとずっと待ち続けていた甲斐がやっとあったというものだ。とうとう、イシュトが俺たちのものになる——イシュトが俺たちの一員になる！　そのときこそ、存分にうらみをはらし、妄執をとげたいものはとげ——もう、何もおそれる必要も遠慮することもないんだ。もう、イシュトも死人の仲間なんだからな。——そうだろう、なあ、そうだろう、皆！）

そうだ、そうだ——といいたげなざわめき。

（貴様——貴様ら——！）

イシュトヴァーンは、少しづつ、おのれの力が——それは生命そのものであったかもしれない——からだの先から抜け出してゆくのを絶望的に感じながら、怒鳴った。ある いは、怒鳴ったつもりだった。

（調子にのりやがって！　誰がきさまらの仲間になんかなるか！　たとえ死んだって、そんなきさまみたいに、ひとにうだうだと恨みを抱いて怨霊になってうろつきまわってるような、そんな未練な性根なんざ、こちとらは持っちゃいねえんだ。冗談じゃねえ、きさまらのところになんか落ちてゆくくらいなら――ク……うう――)

(ほうら、ごらん)

アリの幽霊が手をうってはやしたてた。

(大声を出すから、いっそう自分で死期を早めている、あのざまをみてみるがいい。なあ、みんな見てみるがいい! ああなっちゃあ、もう天下の英雄も梟雄《きょうゆう》も、国盗りの主人公もおしまいだな! もうあとは苦しみながらこの世に未練を残して死んでゆくだけだ。なあ、もうじきだ、もうじきだ! もうじきあのイシュトヴァーンのからだを、魂を、この黄昏の国のなかにひきずりこんで好きなように出来るんだぞ!)

(く――そ……誰が――)

イシュトヴァーンは呻きながらなんとか身をおこそうとした。枕元にあるはずの剣をつかみ、たとえ怨霊あいてではききめがなかろうとも、叩き切ってやろうというつもりだったのだ。

だが、身をおこそうと少しからだを動かした瞬間に、どっと何か、なまぬるいものが、脇腹から流れ出してゆく、ぞっとするような脱力感があった。同時に、口からも、がふっと何かぬるぬるしたものがあふれ出てきた。

(ウ………ウア……)

イシュトヴァーンは体を折った。生まれてはじめての絶望感があった。

(もう、駄目なのか。——それでは、これで……本当に、俺はおしまいなのか。これで死ぬのか……俺は、ここで——グインに切られて死ぬ——のか。それが、俺の末路か……天下取りを夢見たヴァラキアのイシュトヴァーンの——それが——それが最後か……)

(さあ、もうじきだよ！　見るがいい、あんなに弱ってきた！)

アリの怨霊が狂喜してはしゃぎたてた。

(目の光も弱くなってきたし、どんよりとしてきた。——それにあの顔色をみてごらん、あれはもう死人の顔色だよ！　もう誰だって、決してこいつを現世にひきもどすことは出来やしない。もう、黄泉の国に片足を深々と突っ込んだからにはね！　さあ、引っ張るんだ、みんな！　こちらの世界に引きずり込むんだ。あいつの手をとり、足をつかんで、この深い深い暗闇に引き込んでやろうじゃないか！)

(う……)

もはや——

抵抗する力もたえていた。

ひっきりなしにこみあげてくる傷口のいたみも、いつしかに、以前ほどひどくは感じられなくなってきた。むしろ麻痺してしまったのかもしれぬ——そしてまた、むしろ、一種の快感にさえ似通ったけだるいなげやりな倦怠感が、全身をぬるま湯のように浸しはじめているのが感じられた。

　それが、危険だ、というかすかな警告があった——からだのどこかで、とぎすまされ、鍛えられた戦士の、いくたびも死線をこえてきた者の直感が、(気を付けろ！　気を許すな、危険だ、危険だ！)と叫んでいるのが遠く感じられた——だが、その声は、ひどく遠く、そしてよそよそしかった。

(ほうら、もう、目をあけることもできなくなってきた。——眠いんだろう。ゆっくりおやすみ——そうだとも、イシュト。お前は、これまでほんとによく頑張ってきたじゃないか？)

　ねこなで声の怨霊のささやきが、じわじわとイシュトヴァーンを取り囲み、いくつにもこだまして聞こえてくる。

(もう、何をそんなにこの上頑張ることがある？　あんたは、王様になろうと——それが一生の願いだと思っていた。そうしてあんたはそうなった……ちゃんとあんたは、ゴーラ王イシュトヴァーンと呼ばれる身になった。戴冠式のまねごとも内輪ながらしたし、将軍たちや兵隊を集めて閲兵式もした。イシュトヴァーン・パレスとよばれる豪華なイシュタールの宮殿も建てた。あんたは、やりたいことを全部やったんだろう？　そうして、それはたくさんの裏切りと悲劇と血の上で築かれてきたものだった。もう、おしまいだよ——もういいんだよ。いまが、あんたの年貢の納め時だ。さあ、あらがうのをやめて……身をまかせるといい。そうすれば楽になる……あんたのわざは、あんたの時は終わったんだ。あんたは俺たちのものになる……）

（い――や……だ……）

かすかに、さいごの力をふりしぼってイシュトヴァーンは抵抗した。

（いやだ……イヤだ、イヤだ！　俺は……まだ――まだ……生きたいんだ……俺は――やり残したことが……）

（いったい、何をやり残してるというんだ？）

嘲笑う声が答える。

（この上もっと人を殺したいとでも？　この上もっともっと酒を飲んでからだを壊して、それで体の色なんか紫色になって、ふためと見られぬくらいやせ衰えて死ぬのが、いまここでこうして、王として皆に心配され、嘆かれながら、宿敵とはいえ世界最大の英雄たるグインに受けた傷がもとで死ぬより望ましいとでもいうのかい？――グインに切られて戦死したといったら、それは勲章みたいなものだよ！　この世で、そいつにになら、切られて死んだとしても不名誉じゃない、どれほどの戦士であろうとも彼にだけは勝てないのだから、彼にやられるならしかたがないと誰もが認める者があるとしたら、それはたったひとり、グインだけだよ！　そのグインの手にかかって死ぬんだ。本望中の本望じゃないのかい？　あんただって、自分でいってたじゃないか。お前に殺されるなら本望だとさ——そうじゃないのかい？）

（う……ッ——あ——）

（この上、もっともっと領土をひろげ、中原を征服してみたいとでもいうのか？　だがそんなことをしたって、あんたは決して幸せになりゃしないよ、ヴァラキアのイシュトヴァーン！　なぜって、あんたは、あまりに多くの血を流しすぎた。あまりにたくさんの裏切りを重ねすぎた。あまりに多くの怨霊を、あんたのまわりに作りすぎている。その呪いと怨念がこれだけ積み重なってあんたを邪魔しているんだから、あんたには二度とやすらかに眠れる夜は訪れないだろうし、ひとを信じることも、信じて、信じられて、愛して、愛されて、幸せに生きてゆく日々なんてものは決してありえないんだってことが、まだわかってないのか。——あんたはこの先、生きていることのほうが、いま死ぬよりもよっぽど辛いはずだよ。あんたはこの先生きてゆけばゆくほど、地獄のなかを這い回り、怨霊の怨念におしつぶされてのたうちまわり、そしてしだいにあんたの力が衰えるにつれて、怨霊だけじゃない、その怨霊を作るもととなったひとびとのうらみつらみを、それを受け継いだ生きた人間たちによって復讐される危険をつねにかかえることになる。——あんたのせいで母親を失ったドリアン王子はあんたを憎みながら成人するだろう。いまだってすでに、あんたが殺したマルス伯爵のうらみ、アムネリス大公のうらみによってモンゴール人民は奮起し、ハラス大尉をかつぎだして、あんたに背こうと反乱の火の手をあげているじゃないかね？　アルド・ナリス王をあんたの暴虐で殺されたパロのものたちはあんたを宿敵とつけねらうだろう――旧ユラニア大公家に心を寄せるものにとってもあんたはいつか討ち果たしたい仇だろう。あんたは、どこにいったって心のやすまるところなんかない。この世のどこにも、あんたが安心して眠れる場所なんかない。いつまでたっても死者たちの恨みは消えない。――だから、あんたは生きてゆけばゆくほど、不幸せになり、苦しみぬき、そして酒浸りになり――しかもあんたはだんだん年をとって衰えてゆく。せっかくの綺麗な容姿も度重なる怪我と不摂生、酒と寄る年波と、そしてあんたにとりついた怨念の大きさによって、しだいにむざんなすがたになりはててゆき、そしてあんたは醜悪な孤独でおどおどした、いつも人に裏切られることを恐れているみじめな怯えた老人になりはてる！　そんなことになりたいのかい？　そんなみじめなざまをさらすのが、あんたの一番したかったことなのかい？）

（……うう……）

（そのくらいなら、いま死んだほうがよっぽど格好いいし、綺麗じゃないか！　おまけに怨霊たちだって、あんたが生きてゆけばゆくほど増えてゆく、いまならまだこの室を埋めているくらいですむ。だがこれ以上あんたが怨霊を作りながら生きてゆけば――いまにもう、イシュタールじゅう、ゴーラじゅうがあんたへの恨みの声、怨念で埋め尽くされても足りないくらいにあんたは血を流すことになるだろう。ゴーラの流血王、残虐王、殺人王の名を歴史にとどめながら、それでもなお、こんどはもう征服のためでも、野望のためでもなく、ただただ恐怖と不信と絶望のためだけに人を殺しつづけ、我が子をも、愛するカメロンをも、信じられるはずのものを誰もかれも手にかけてゆく、それがあんたに残されたたったひとつ可能な未来じゃないか？　だったら、どうして、いま死んでしまって、『英雄グインとの一騎打ちに倒れた悲劇の若き梟雄』っていう格好いいサーガのおしまいを選ばないんだ？　そのほうがずっと楽だし、第一みなそれを望んでいるんだ。本当はあんただって——本当はあんただって、それを望んでいるんだよ、イシュト。本当は、自分では気が付いてないだけだ。本当はあんたはもう、こうやっていのちをおとすしか、自分にはすべがないんだ、っていうことは、よくよくわかっているはずなんだ！）

4

（違う……）

なおも、かすかに、イシュトヴァーンは最後の力をふりしぼって抵抗した。それはもはや、意識がしているというよりも、ただ、イシュトヴァーンのまだ若い本来は強靭な生命力だけが、迫り来る避けられない死に対して本能的に反発し、もがいている、というしかないありさまだった。

すでにイシュトヴァーンは苦痛にもだえる力さえも喪ってぐったりと倒れ伏し、ただ弱々しい断末魔の息を吐いていた。どこかで、遠くかすかな声がきこえた。

（大変だ。——陛下の御様子が変だ！）

（これは、もしかしたら——顔色が変わってきた。唇の色が紫色に……それに、なんだか、御様子が……）

（マルコさま、陛下は——）

（静かに——静かにするんだ）

悲痛な声——

だが、そこには、イシュトヴァーンをひきとめるものはなかった。

むろん、そこでかれのことを口にして騒いでいる誰もが、かれの死を願っていないことは確かであった。ひとつだけ、それなりに強くイシュトヴァーンにむかって訴えかけてくる——（死なないでくれ）とささやきかけ、働きかける力もあった。それはまさしくマルコの呼びかけであったに違いない。

だが、それでも、それは、いま、まさに死に瀕しているイシュトヴァーンを、死の影の国から引き戻すにはあまりにも、あえていうならば個人的でない悲しみであり、願いであり、愛情であった。

（陛下は……）

（残念ながら、おそらく、この御様子だともう……）

（駄目なのか？　もう本当に陛下は助からないというのか？）

（手は尽くしました。しかしあまりに傷が深く——もう、このままでは時間の問題かと……夜明けまでは、たぶん……）

（なんということだ……皆になんといったら……）

（我々はどうなるんだ……ゴーラ遠征軍は……）

（決して、部下たちに知らせるな。知らせたら、きっと、モンゴール反乱軍に包囲されて全滅させられることをおそれて、多数の脱走兵が出るだろうからな！）

（知らせるなといっても、ウー・リー隊長！　知らせないわけにはゆきませんよ。いつまで、そんな——陛下が亡くなったなんてとんでもねえ重大なことを、兵士たちに隠しおおせるというんです？）

（だが、知られたら……俺たちは、破滅するぞ……ああ、くそ、なんてこった！）

（静かに——お願いだから、静かに！　せめて、もう助からないなら、静かに陛下にさいごの息を引き取らせてあげなくては……）

（明け方だよ。明け方の潮と同時にひとは死ぬって、云うからな）

（縁起でもない——まだ、息はあるのに……）

（だが、この様子では……もうこれは死人の目の色だよ、ほら……息も浅くゆっくりになってきたし、唇も紫色に……）

（俺たちはどうなるんだよう！）

（聞いたかい、イシュト？）

せせら笑うように、怨霊がイシュトヴァーンに囁いた。

（みんな勝手なことばかりいってるじゃないかね！　ほんとに身勝手な連中だ。だがそれが当然なんだ。あんたがこれまでに作り上げてきた人間関係なんて、そんなものばかりだったんだからな。愛と信頼と忠誠とによって結ばれたもんじゃない。恐怖と、崇拝と、そして金づくや利益づく、それによってだけ作り上げられてきた不幸な関係、そればかりだったんだからな。それこそ、いっては悪いが自業自得というものだけどね――そんなことをいうつもりはないよ、イシュトヴァーン。だってあんたはもう、いまや、この世には背をむけて、黄昏の領土へと去ってゆきかけているんだからな。もう、この世のあれこれなんか、どうだっていいだろう。このあと、ゴーラ軍が全滅しようが、ゴーラが潰滅しようが、どうだっていいだろう？　もう、あんな、かたちばかり――いや、かたちでさえ整っていない、ただのまぼろしみたいな国なんか、誰も欲しがるものはいやしないし、あんたがつかのま、あんたの力ひとつで強引にまとめあげただけの、あれこそ蜃気楼だったのさ。――そう、あの国はいっときの蜃気楼だ。それだけじゃない……あんたそのものが、蜃気楼だったんだ。長い、長い二十八年の蜃気楼の夢。――あんたはひょっとして、まだチチアにいて、チチアで生まれ落ちてからまもなく死んじまって……誰にも拾い上げてもらえずに冷たくなってしまった可哀想な赤ん坊の幽霊で、それがその後、ずっと生きていたらこうなるだろうというまぼろしを追いかけて、それがこんなにも長いこと続いていた、それだけのことだったんじゃないのか？　そうだろう？）

（違う）

イシュトヴァーンは、はかり知れない苦しさが、何もかもどうでもいいようなけだるさとともにひたひたと足元から潮が満ちるように押し寄せてくるのを感じていた。

もはや、おのれが何を見ているのか、どこにいるのか、そもそも自分とは何者であったのか、喋っているのは誰なのか、それさえもわからなかった。これが、《死》なのか、という思いもかすかに遠く心をかすめはじめていた。それへの抵抗も、しだいに失われようとしていた。

それでも、まだ、かれのなかには、そうして身をゆだねて落ちてゆくことへのさいごの反発が遺されていた——あるいはそれは、《死》が、とうてい甘美な慰藉としてではなく、恐しい、怨霊たちがうらみをのんで口をあけて待ちかまえる地獄にまっさかさまに飲み込まれてゆくものとして訪れることへの根源的な恐怖そのものであったかもしれない。

（違う。俺は……）

（何も違いやしないさ。イシュト——ああ、イシュトヴァーン——）

アリの亡霊は、いまや、ぐんと巨大になり、室一杯にまで膨れあがったかのように思われた。

同時に、その足元にもやもやとわだかまっていたものたちの影が、微妙にくっきりとしはじめていた。そのなかには、かつては青い、空のように青い目をもった青いよろいかぶとに身を包んだ剛毅な老騎士であったはずの、むざんにも黒こげに焼けこげたすがたがあった――また、口から血を流しながら、うらみをのんでじっと彼をにらみすえている、豪華な金髪とエメラルド色の瞳の美しい女のすがたもあった。また、うつろな目を見開いたまま、怨霊となって立ち上がってくる力もないのか、空中に浮かんで漂っている幼い少年のすがたもあった。

(やめ……ろ――いやだ……)

イシュトヴァーンはかすかな悲鳴をあげた。だがそれはもう、声にはなっていなかった。

(いや……だ……やめてくれ、もう――やめて――もう、わかったから……もう――許してくれ、許して……)

だが、怨霊は許してはくれないだろう。そのこともまた、イシュトヴァーンにはわかっていた。

怨霊は決して許さない。そもそも、《赦す》という力は、怨霊にはそなわっていないのだ。だからこそ逆にまた、長いうらみの昇華されることもなく怨霊となってイシュトヴァーンにつきまとっている――あるいはそれはイシュトヴァーンの中そのものにある、彼の慚愧の念、後悔の念それ自体が具体的なかたちをとったすがたであったかもしれないのだ。

ゆらゆら、ゆらゆら――と、怨霊たちが近づいてくる。

いまでは、アリの亡霊は巨大にふくれあがってその先頭にたち、怨霊たちをイシュトヴァーンのもとへ誘導する案内人をつとめているかのようだった。そのぶきみにふくれあがった赤く燃える片目のなかには、いまなお残るイシュトヴァーンへの妄執がめらめらとたぎりたち、彼を何がなんでもこの深い永劫の闇の底へと引きずりこまずにはおくものか、という執念に燃えて、その醜い蝦蟇のように横にさけた口辺にはぶきみなぞっとするような毒々しい喜悦の笑いが浮かんでいる。こんなやつらのうらみで、取り殺されてゆくのか――イシュトヴァーンはぼんやりと思った。

（ああ……俺は……）

もっと、違うようであれたかもしれぬ――だが、だったら、どうすればよかったというのか。かれは、かれなりにそのときどき、必死ではあったのだ。たとえはたからみれば、まったく愚かしい、あるいはあまりにも暴虐な行為であったとしても、そのときどきの彼にはやむにやまれぬ事情によってなしたことばかりであった。少なくとも、たとえ怨霊たちにどのように迫られようとも、面白半分に人をあやめたこともなければ、理由もなく人を殺したこともない、ということだけは、断言できる。アムネリスがどれほど自分を恨もうと、あのとき、裁判の席で、大人しく裁かれるままになっていれば、殺されているか、あるいは監禁され、もう二度と日の目を見られぬようになっていたのは自分のほうであった。その罪にとわれたもととなったマルス伯爵を裏切り、謀殺した反逆は、イシュトヴァーンからみれば、まだ彼はモンゴールの臣民ではなく、ただの傭兵にすぎず、またその計画を思いついたのはグインで、かれはただ、云われるままに窮地を切りぬけるべく、必死に命がけで実行したにすぎない。

アリを殺そうとしたことはあったが、結局本当に手を下すにいたったのは、アリがリーロを殺害したからであった。それを裁かれるというのなら、罪もない幼く清らかなリーロを殺害したアリの罪はどこで裁かれるのだ、と思う。少なくともイシュトヴァーンの行為は正当な裁きであったはずだ。

確かにあまたの戦場であまりにも多くの血を流してはいる。だが、それはイシュトヴァーンにとっては、あくまでも《戦争》なのだ。殺すか、殺されるか、自分が殺さねばア相手に殺される、そのいのちがけの戦場での行為をなぜ、いまになってそうして怨霊どもに裁かれなくてはならぬのかと思う。それぞれにすべての場面において、おのれは、必死であり、ただ生き延びよう、勝利しようと夢中に戦い——ときに夢中になりすぎたかもしれぬが、それでもなお、激しくただ夢をおいかけ、おのれの生きるべき目標を追い求めて、狂おしくここまでただ突き進んできた、というだけのことでしかないはずなのだ。

（だが、その生き方を選んだのは、お前自身だったはずだよ、ヴァラキアのイシュトヴァーン……）

誰かが冷ややかにささやくのが、イシュトヴァーンの知死期の耳にさしこんできた。

(そうだろう。――だから、お前はくやむこともないかわり、お前によっていのちを絶たれた多くの死者たちの無念やうらみをいきどおることもまた赦されぬ。たとえどれだけ、お前が生き延びるためであろうと、やはり、相手のいのちの綱をその手で断ち切ったことには違いはないのだから)

(そんな――そんなことといったら、俺はどうすりゃよかったんだ!)

イシュトヴァーンは、おのれのからだがなんだかひどく軽くなってゆくように感じていた。ああ、これが、死というものか、というかすかな思いは、いまや、一面にひろがっていた。もう、怨霊たちも見えなかった。

いま、語りかけているのが、怨霊たちではないことは、イシュトヴァーンにはなぜかよく感じられていた。ではいったい誰が話しているのか——奇妙にも、イシュトヴァーンには、それは《グイン》の声ででもあるように感じられていたのだが、むろんそんなはずはなかったのだけれども。

(俺は――俺は、きゃつらを殺さねえためにきゃつらに殺されていればよかったとでもいうのか! 馬鹿馬鹿しい! そんなことしてたら、命がいくつあったって足りやしねえじゃねえか! 俺は、そんなの、だまされやしねえぞ! ミロク教徒じゃあるまいし、親を殺されてもてめえのいのちをとられても祈って許せなんて、そんなばかなこと――

そんなのは、何もしねえ人間のいいぐさだ！　生きるために何も努力しねえことのいいわけにしてるだけだ！　そういうやつらに限っていざ本当にいのちをとられるというときには泣きわめくんだ。俺はあいにくだが、そんな甘ちゃんじゃねえ。——俺は、生きるために——俺はいつだって、てめえが生き延びるために……）

（お前は、もう、自分が生きるため以上のものを持ちすぎてしまったはずだ）

なにものかの声があわれむように囁く。その声がはらんでいる憐憫のひびきが、イシュトヴァーンには気に入らなかった。

（お前には所詮わからぬ。——あまりにも多くを望みすぎるものは、多くを望むこと、そのものによって裁かれることになるのだ。ひとの世の黄金律はただ、多くを望まぬこと、満ち足りることを知ることによってのみ築かれる。——殺し、殺されることが赦しを得る場合もあろう。だがそのとき、赦すことによって、赦した相手もまた救いを得るのだ。それがわからぬかぎり——所詮はお前のしている殺戮は地獄の炎をうつし世に燃え広めることにしかならぬ）

（それの、どこが悪い！）

奇妙な——

得体の知れぬ反発がこみあげてきた。それはさきほど、怨霊たちに暗闇に引きずり込まれようとしていたときより、ずっと激しい反発だった。

（俺は、てめえのいうとおりになんか、なりゃしねえぞ！　いいか、俺は、絶対にきさまの——誰だか知らねえがな、きさまのそのおためごかしの物言いになんか騙されやしねえんだ。俺は俺だ——俺はヴァラキアのイシュトヴァーン、そのほかの誰でもねえ！　俺には俺の生き方しか出来やしねえ。それが気に入らねえっていうんだったら、力づくで、俺のいのちをもぎとるがいい。だが、そうそう簡単にはもぎとらせやしねえ！　俺にはまだやることがあるんだ。俺には——まだ、欲しいものが……まだ手にいれてねえものが——）

（そうだ、そいつを手にいれるまでは、死ぬもんか！　死んでたまるか、俺は——俺は、まだ一度も——俺の惚れた女を俺のものにしてねえ、俺の——俺の愛した女に俺のあとりの餓鬼を生ませてねえ。俺はただ——なんかの手違いで、俺のことを憎んであてつけに自殺するような女が生んだ餓鬼を押しつけられたただけだ。俺は——俺はまだ、一回も……幸せだと感じたことがねえ。生まれてこのかた——ただの一度として、これが幸せってものなんだと感じたこともねえ。愛されてると思ったことも……愛してると思ったことも——ああ、あったかもしれねえ、だけどそいつは蜃気楼のまぼろしだった！　だから、俺は……そいつを、蜃気楼のまぼろしじゃなく、うつつのものにしたい。俺は——そうだ、俺は、まだやりとげてねえことがある。俺は——俺は欲しい。俺は……俺は……）

(哀れな奴だ!)

本当にあわれみはてたかのように、声がいんいんと告げた。

(哀れな――あわれな奴だ! 何故、そのようにしてあくまでも知ることを拒む、理解することを望まない! その道をいかにいったところで、お前の欲しいと思っているものは得られぬのだぞ。そこにあるのはただ、もっともっと血の凍るような、底知れぬ孤独と寒さと、そして永遠に諦めることを知らずつきまとう怨霊どもの――)

(怨霊……)

そういえば、いったい、あのおびただしい怨霊どもはどこに消え失せてしまったのだろうと、イシュトヴァーンはいぶかしく思った。

そして、きょろきょろと見回した――いつのまにか、あたりは深い闇が消えて真っ白な光に包まれているようだった。自分がどこにいるのだろうとイシュトヴァーンは不思議に思った。

(ここは、何処だ……)

自分は、どうなったのだろう。

ふいに、イシュトヴァーンははっと身をかたくした。白い光のなかで、巨大なひとつ目がじっとかれを見下ろしていた。それは、とてつもなく巨大な月のように、かれを上から見つめていた。その目のなかには恐しいほどに透徹した知性の光こそあったけれども、あたたかな理解もなく、同情も、また共感のかけらすらもなかった。そこには、人間的な情緒といったようなものはこれっぽっちも見出すことは出来なかった。

（お——お前は……）

イシュトヴァーンはなんとなく魂の底からつかみあげられてゆさぶられているような震撼を味わいながら、そのぶきみな巨大な《目》を見上げた。それをまっすぐに見つめることは、イシュトヴァーンにもなんだかひどく恐ろしかった。だが、その思いに、イシュトヴァーンは反発した。

（お前か……さっきから、偉そうなことをいってたのは……）

（なんだ、わかったようなことを云いやがって……そんな、偉そうなことをいったって、人間でもねえものに何がわかるんだ。いつだって俺は一生懸命に生きてきた。たとえそれが——たとえそれが間違ったことをしてしまったり、沢山の血を流したり……不幸な結果になっちまうことがあったって、いつだって俺は、欲しいものをつかみとろうと必死だった……そうしなけりゃ、生きてこられなかった、そうしなけりゃ……）

ふいに——

イシュトヴァーンの思念はとぎれた。

かれは、下を見下ろした——かれのからだはいつのまにかたかだかと宙に吊り上げられていた。そして、その下の光景を見たせつな、かれは戦慄した。

　真っ白な光はその巨大な目から放たれてあたりを明るくしていたようだった。その下のほう、光のとどかぬあたりは、恐しい、真の暗闇だった――そして、その底知れぬ深淵のなかから、からだが焼けこげたり、ちぎれたり、生々しく血を流していたり、首がなかったりする、無数の怨霊――亡霊たち、イシュトヴァーンにうらみを抱き、イシュトヴァーンの手によって殺され、いのちを奪われたものたちが、じっとイシュトヴァーンを見つめ、ちぎれた手、焼けこげた手を下からさしのべ、イシュトヴァーンに届こうと――なんとかそのからだをつかんでおのれたちのあいだに引き込もうとのびあがったり、しきりと手をのばしたりしていたのだ。

　それは、あまりにもすさまじい、おどろおどろしい光景だった。口をあけ、亡者どもはてんでに何か声にならぬ叫びを放っていた――それは、イシュトヴァーン、おのれの生命を断ちきり、無法にも奪ったイシュトヴァーンへの恨みの叫びだったかもしれぬし、また、もっと生きたかったおのれの生への無念と未練の叫びだったのかもしれなかった。その声にならぬ叫びで、暗闇の深淵はゆらゆらとたえずぶきみにゆらめいていた。

　そして、そのどまんなかに、ひときわ大きく身をのりだして、アリがいた。

　巨大に膨れあがったアリの醜い姿は、死してなお変わらず――いや、死んで亡霊となっていよいよ化物じみた醜さを加えていったようにさえ思われた。それは、おそらくは、決しておのれの欲望の醜さと勝手さに気付くこともなく、おのれの人生とおのれが《かくあること》との妥協や一致点や平和な融合に達することもありえなかった呪われた魂の醜悪さだったのだろう。その姿はむしろ、もはや通常の人のなりかたちさえもとどめておらず、ぶきみにその顔もすがたも、どろどろとふくれあがり、そこにぶよぶよとただれたような膿をたたえているように見えた。それはすでに怨霊というのを通り越して、あまりにもすさまじいこの世ならぬ怪物、生まれもつかぬ憎悪と妄執の塊となりはてた地獄の怪物の姿だった。

底知れぬ恐怖と嫌悪がイシュトヴァーンのなかに突き上げた。

「イヤだあーッ！」

かれの紫色に腫れ上がった唇から、すさまじい悲鳴がほとばしった！

「イヤだ！　あんな――あんなところに落ちるのはイヤだ！　あんな怨霊どもに――引きずりこまれるのはイヤだ！　そのくらいなら――そのくらいなら……どれほど地獄でもいい、どれほど……どんなことがあっても生きていたい、どんなことがあっても――どんなに苦しんでも、どんなにひとりぼっちでもかまやしねえ！　あんな――あんな姿になって……あんな有様になって……あんな、あんな――あんなのはイヤだああーッ！イヤだ、イヤだ、絶対にイヤだーッ！」

（イシュト！）

怨霊――いや、醜怪な怪物と化したアリが、そのぶきみなただれたぶよぶよとした手

をのばし、イシュトヴァーンの足をひっつかもうとした。イシュトヴァーンは、おのれがしだいに、白い光のなかから、そのぶきみな亡者どもが手をさしのべててんでに声をあげている、呪われた深淵にむかってじりじりと下降しかけていたことに気付いて、驚愕した。

「助けて——助けてくれ、助けて！」

彼は絶叫した。

「イヤだ！　あそこに落ちるのだけはイヤだ！　許してくれ、もうやめてくれ！　あいつを俺の目の前から消してくれ！　あいつはイヤだ、あいつだけはイヤだあァッ！」

「イシュト——イシュト！　ほうら、もうちょっと……」

アリのぶきみな黒い手がいまやまさにイシュトヴァーンの足をひっつかもうとしかけた——

その、刹那。

「やめてくれーっ！」

すさまじい絶叫もろとも——

イシュトヴァーンは、反対側にむかって転げ落ちた！

何がなんだかわからぬほどまばゆい白い光が爆発した。はかり知れない苦しみがイシュトヴァーンを襲った。イシュトヴァーンは泣き叫び、だが声はもう出なかった。

(あ――あ――あ――あ！)

「陛下！」

遠く、かすかな――

だが、まるで、その恐しい混乱のなかに垂らされた一筋の糸のような遠い声。

「陛下！　陛下、どうされたのです！」

「陛下が――イシュトヴァーン陛下が！」

「や――だ――やめろ……俺は……」

(俺は死なねえ)

(俺は絶対死んだりしねえんだ。……あんなやつら、あんなおぞましい悪霊どもになんか、とっ捕まってたまるか！)

(そのくらいなら――生きてやる。俺は生きて生きて――生き抜いてやる！)

(きさまになんか――きさまの思い通りになんか……)

「陛下ッ！」

目の前が白い光であふれ、何も見えなかった。

「おおッ！　陛下が――」

「陛下が目を開かれた！」

誰かの絶叫が聞こえた。

「やかましい」

イシュトヴァーンは云ったつもりだった。が、唇が動いたばかりで、声は出ていなかった。

「何をガタガタ騒いでやがるんだ。てめえらは――またあの闇のなかに落っこちちまったら、どうするんだ!」

「は?」

「陛下がうわごとを云っておられる」

「うわごとじゃない!」

泣きながら叫ぶマルコの声が、こんどははっきりと聞こえた。

「お気がつかれた! 陛下が、意識を取り戻されたんだ! 陛下が――ああ、陛下が、目を開けられた! 助かった、助かったんだ!」

第三話　火の山

1

「陛下！」

叫ぶような声――あたりと、病人への影響をはばかって懸命に押さえてはいるが、明らかな感動と歓喜を滲ませた声が呼んだ。

「陛下！　ああ、お気がつかれた！」

「マルコ……か――」

イシュトヴァーンは呻いた。にわかに、からだじゅうに現実の感覚がゆるやかな、だが大波が押し寄せるような圧倒的な勢いで戻ってきつつあった――それは必ずしも歓迎すべきものではなかった。

からだじゅうが激しく痛み、わけても脇腹のあたりに、焼きごてをあてられてでもいるような激しい痛みがずきんずきんと突き上げてきて、息も出来ないくらいだったが、ほかにも、足も肩も腕も、どこもかしこも痛いような気がした。イシュトヴァーンは大声をあげた――だがそののどもひりついて痛く、じっさいにはまったく声にはなっていなかった。

「痛え、痛、痛えッ！　いったい、俺は――俺はどうなっちまったんだッ！」

だが、のぞきこんでいたマルコには、そのイシュトヴァーンのいいたいことの意味が充分にわかったらしい。

「陛下、しっかりなさって下さいませ」

必死の形相でのぞきこみながら、マルコは叫んだ。そして、思わずイシュトヴァーンの手を握り締めた。

「陛下は、グイン王との戦いで重傷をおわれたのでございます。いっときはもう、危ないのではないかとさえみなのものは御心配申し上げましたが――もしこのままお気がつかれなければ、あるいは――今夜じゅうが峠ではないかとウー大佐が……しかし、本当に――ああ、本当に、よろしゅうございました。お辛いでしょうが……何か、何かお入り用なものは……？」

「水」

イシュトヴァーンは呻いた。また、唇がかすかに動いただけだったが、マルコはちゃんとその意味をききわけた。すぐに、口もとに吸呑みがそっとさしつけられた。イシュトヴァーンはそれから唇のなかに滴らされてくる水を狂おしくむさぼった——ただちにその直後に、たまらないような激痛がこみあげてきたが、それでも、その水は、ほんとうにいのちの水——これまで飲んだいかなる飲料より、どんな美酒よりも素晴しい甘露に感じられた。それは、からだじゅうの細胞のひとつひとつにしみとおり、失われかけていた、かれの若い《いのち》を呼び戻そうとしてくれるまさに命の水だった。

「なんて——こった……」

イシュトヴァーンは呻いた。

「こんなに、うめえものは……飲んだことがねえ……水がこんなにうめえなんて、気が付きもしなかった……酒なんか、もう一生いりゃしねえと……思うな。それにしても——なあ、マルコ……」

実際には、そんなにむろん、話せるわけもない。くちびるはひびわれて腫れ上がっていたし、口のなかも、滴らされた水だけではとうてい足りないくらいにかわききり、血でかたまり、ひどい状態になっていたのだ——苦しみぬいて無意識のなかでもがいているあいだに、唇もかみしめて血だらけになってしまっていたし、舌にも口のなかにも傷がついているようだったし、食道にいたるまで、傷だらけのようにさえ思われた。だが、イシュトヴァーンは、ふしぎな安らかな、かつて味わったこともないような奇妙な快さにひたされながら、充分に、おのれのことばがマルコに通じているつもりであった。

「なあ――おかしな話だなあ……俺は、俺を……待ち受けてる怨霊を見たぞ。俺がくたばって……地獄の底へ落ちてゆくのをずっと待っていやがるやつらをだ――たんといやがった……もう、駄目かと思った。だが――なあ、マルコ――おかしいなあ。生きてるってのは――生きてるってのは、決して、悪いもんじゃねえんだなあ……俺は、はじめて思ったよ……」

「陛下」

じっさいには、イシュトヴァーンの唇がしきりとかすかに動いているだけで、ことばはひゅうひゅうとくるしそうな息づかいになって洩れているだけだった。マルコは心配してのぞきこみ、なんとかイシュトヴァーンをしずまらせようとそっと布団の上をなでた。

「陛下、まだ、陛下はたったいま、意識が戻られたばかりでございます。――どうか、あまり御無理をなさらずに、とにかくまた、お休み下さいまし。このような山の中で、ろくなお手当もかないませぬ。ともかく、お休みいただいて――陛下のお若いおからだそのものの力で怪我を一刻も早く治していただくほかはございませぬ。――ともかく、なんとか……早く――」

「俺は――生きてる……」

イシュトヴァーンは、かすかに微笑んだ。

奇妙なくらい、その微笑は、あどけなく、そして、うら若く——かつての、若々しい〈紅の傭兵〉——というよりはむしろ、かつてのあの、生きることへの不安と恐怖にさいなまれながらも、希望と野心とに燃え上がっていた、幼い《チチアの王子》の、いやそれよりもさらに幼く、チチアのあの可哀想な、だが皆に愛されていた母なし子、コルドが可愛がったあのませくれた小さな子どものそれのようであった。

「なんてこった……生きてるってのは——なかなか——いいもんじゃねえか。ただ生きてるだけでもいい……あんな怨霊にならずにすむってだけで……俺は——」

ふいに、イシュトヴァーンの目がとじた。

「俺はずいぶん……生きたがってるやつらのいのちをこの手で……奪って、あんな怨霊に落としちまったんだなあ……はじめて、思ったよ……やつらも——やつらもみな、生きたかったんだろうなァって……」

それは、むろん、誰にも——マルコにもきこえぬ、ほとんどかれの心のなかだけのつぶやき声にすぎなかった。

イシュトヴァーンは、ふしぎな、かつて感じたことのない安楽さと、一種の透明なここちよさの中で、また微笑んだ。

(俺は——俺は生きている……)

(まだ、生きられる——まだ、俺は——生きてる、このさきどんな——どんな苦しみがあっても、何も考えられねえほどに苦しくても、最低でも――)

(それでも俺はまだ生きてるんだ……)

「グイン――」

何を云おうと思ったのか、おのれをあわやあの死の影の谷に陥れるところだった相手にむかって、なんと云おうと思ったのか、それももうイシュトヴァーンにはわからなかった。

彼は、もう一度かすかに微笑むと、そのまま、またぐったりとなった。

「マルコ殿!」

あわてて、まわりのものが声をあげようとするのをマルコは急いで手をあげておさえた。

「大丈夫だ、大丈夫だ。騒ぐな!――騒いではならぬ。大丈夫だ、陛下はもう、お目を開かれた。意識が戻られた――あとは、もうゆっくりおやすみになれば……まだ、このあと何か悪い風でも入るようなことがあれば……かもしれないが、しかし、いまのところは――たぶん……」

イシュトヴァーンは、最大の危機を脱したのだ。

おそらくは、それは、いま現在、かれの身辺にあって、もっともイシュトヴァーンのことを理解し、気にかけ、忠誠をいだいているマルコだからこそ、わかる事実であった。

マルコの注意深い目には、意識を取り戻す前とあとの、イシュトヴァーンの血色の変化も、見開かれた目に、それまでの、夢うつつに目を開いていたときのどんよりと濁った死人のようなそれとはまったく違う生きた光があったことも、はっきりと見てとられていた。それは、イシュトヴァーンがまさに、死の淵から生還したこと、まだむろん予断は許さないけれども、それでもかれがいまや、本当に危険な状態は脱し得たのだ、ということの何よりも明らかなあかしであった。

イシュトヴァーンはまたぐったりとなり、目をとざして、もう口をきかなかった。まわりのものたちはそれを見て心配していたが、マルコは、すでにイシュトヴァーンの息づかいがうってかわってやすらかになってきたこと、そして、その胸の上下も規則正しくなり、まだ傷の痛みに苦しそうにときたま唸る声が漏れはしたけれども、それでもすでにその眠りはもう、致命的な《死》にひきこまれようとするそれではなく、深いその休息ごとに少しづつ、薄皮をはぐように回復へと向かってゆくものだ、ということもはっきりと見てとったのであった。かれはとりあえず愁眉をひらき、ひそかに胸をなでおろしたが、うかつなことを断言して、まわりのものたちにまた何か責任を押しつけられることを心配していたので、それについては何も云わなかった。

「さあ、少し、陛下を休ませてさしあげなくては」

かれは厳しく云った。

「もう、当番兵と私だけを残して隊長がたはそれぞれの任務に戻っていただきたい。ここでこのように詰めていたところで、陛下のおためにはならぬばかりか、むしろかえってさわりになるかもしれません。ともかく、いまは陛下にはたくさんの休養が必要です。とてもとてもたくさんの休養が。――それから、とにかく、栄養をとれるようになりしだい、たくさん栄養をつけていただいて――少し、まわりの村に使者を出して、家畜を何頭か買ってこさせなくてはなるまい。肉はまだしばらくは召し上がれないだろうが、肉のスープを作って、滋養をとっていただかなくてはならないし――それに生肉はもしもまた高熱が出たら、熱を冷やすのにも役にたつ。……とにかく、ほかにも少し食糧を買い入れて……」

「そんなことしたら、俺たちがここにいて、陛下がやばいんだとばれちまうから駄目だといったじゃないか、マルコどのは」

不平そうにウー・リーが云った。マルコは首をふった。

「それは、陛下がどうなられるか予断を許さなかったときの話です。いまはもう、陛下は、だいぶ落ち着かれている。あとは、陛下に少しでも早くお元気を取り戻していただくのが一番いい。――もしいま、万一にもモンゴール反乱軍がタルフォの砦にイシュトヴァーン陛下が病の床におられるときいて押しよせてくるようなことがあっても、陛下が意識さえ取り戻されれば大丈夫ですよ。――陛下がじきじきに戦われないまでも、陛下の口から直接にお指図をいただけば、われわれゴーラ軍は、あだやおろそかでイシュトヴァーン軍の精鋭であるわけじゃない。陛下のお身にかかわって、たかがモンゴールの寄せ集めの素人の軍勢などわけもなく追い散らせるでしょう」

「そんなの、決まってらあな」

ウー・リーが叫んだ。何度たしなめられても、声を落とすということが、彼には出来なかったのだ。彼は小さなあいだのはなれた目とひろい額をもついかにもユラニア人らしい風貌の若者であったが、みなが認めているとおり、まったく容貌やふうさいは似ても似つかないにもかかわらず、意気投合してついてきてとうとう親衛隊長にまで抜擢されるほどあって、どこかしら奇妙に、《小イシュトヴァーン》とでもいいたいような、似通った雰囲気を持ち合わせていた。マルコはそのウー・リーを、ずいぶんと和んだ目でみた。

「俺たちがそんな、モンゴールのばかどもになんか遅れをとるわけがねえじゃねえか。もしそんなことがあったら、陛下に顔向けだって出来やしねえよ。大丈夫だ、まかせとけ。俺もいっときちょっと心配だったけど、もう陛下も落ち着かれたんだったら――陛下さえ元気でいれば大丈夫だよ、俺がきゃつらを蹴散らしてやる。なんだったら陛下のよろいかぶとを借りて陛下に化けてうって出てもいいや」

「そんなことをするまでもない」

マルコは笑った。ようやくマルコに笑顔が出たのをみて、どうやら本当の危機を脱したのだと察して、ほかのものたち――みなうら若い不良少年もどきの軍人たちばかりであった――もほっと頬をゆるめた。室内にも、にわかに温度が少しあがりでもしたかのような、やわらいだ空気が流れはじめていた。

「たぶん、もう、モンゴールの反乱軍が押しよせてくるようなことにはならないだろうと思いますよ。――かれらも馬鹿ではない。こうなればこちらにハラス大尉がいることも、とても大きな力になるし、それに、タルフォの砦は堅牢で攻めにくく守りやすい。ここにいれば当分安全だし――それだけに、まあ長期戦にはなるおそれはないだろうと思いますが、とりあえず食糧だけは確保させる道をつけておかないと。ここは五千人を養うような糧食のたくわえはとうていないでしょうから」

「そりゃそうだ、食い物は大切だからな」

ウー・リーも同意した。そしてマルコが内心ほっとしたことには、暴れん坊の同輩の隊長たちをかりたててあちらにゆくようにうながすと、みなうなづいてほっとしたように立ち上がった。かれらこそが、現在のこのあまりにうら若いゴーラ軍の中枢としておおいに力をふるっている存在であることは、マルコとても心得ていないわけではなかったけれども、それでも、そのなかにあってひとりだけ年も上なら、生まれ故郷もひとりだけヴァラキアの異国出身、しかも育ちもさまざまな感覚も全然違うとあって、苦手―

―というのはいいすぎでも、マルコはなかなか、かれらの一員としてとけこむ、という気持にはなれないままであったのだ。

かれらが出ていってしまうと室内は急に広く、そして静かになった。残っているのは、当番兵の四、五人と心配顔の当番の小姓だけであった。ウー大佐はいったんイシュトヴァーンの容態が変化したといわれて呼び寄せられたものの、たいしてもうこの老人にはすることもないのだ、ということはマルコにはわかってしまったので、この上いたずらに苛々することのないよう、「もう、よろしいですから」といって、おのれの寝床へと追い払ってしまっていたのである。

マルコは当番兵たちにこまごまと看病のために湯をわかしたり、いつイシュトヴァーンが次に目をさまして所望しても何でもこたえられるよう、厨房にいって肉汁を煮ておくよう言いつけさせたり、またやわらかい穀物のかゆを作らせておくなど、こまごまと言いつけた。それから、小姓にイシュトヴァーンのからだを拭いてやるための手布や洗面器にみたした湯などの用意を言いつけ、それでみなが動きだすのをみてやっと安心して、ろうそくのしんを切り、寝台のかたわらに腰をおろした。

もうイシュトヴァーンはまったくうなされることも、苦しげな声をあげることもなく、安らかな寝息をたてている。むろんまだだいぶん傷のいたみは残っているのだろうから、安らかといってもどこか苦しげであるし、その顔も、いっときの完全に死期を思わせる重病人のそれではなくなった、というだけで、まだまだげっそりとこけているし、顔色もやや持ち直したとはいっても健康さには程遠い。

それでも、マルコには、イシュトヴァーンの眠りがそれまでとまったく違う、回復への眠り——いのちがむさぼるように休息して体力を取り戻そうとしている眠りであることがなんとなく感じられた。マルコは寝台のかたわらの小テーブルにおいておいてもらった手つきの杯に入れた茶をひと口すすってほっとひと息つくと、物思わしげにイシュトヴァーンの寝顔を暗い灯火の下でじっと見つめた。

(この人は——どんな、死の淵を覗き込んできたのだろうか……)

まるで、いまはあの絶望にみちた苦しみようが嘘のように、安らかに、子どものように眠っている。だが、いっときは、いったいこの魂のなかにはどれほどの苦しみと汚辱の記憶だけが詰まっているのだろうか、それではあまりにも生きていることそのものがこの魂にとっては拷問にほかならぬのではないか、と思わせるような恐しいうめき声をあげ、寝台の上をのたうちまわっていたのだ。

しかし、いまのその数ザンのあいだにいったいどのような夢の啓示がかれを訪れたのか、かれはむしろかすかな微笑みをさえ浮かべて眠っていた。マルコは奇妙の感にとらわれながら、そのひっそりと眠る、手ひどくやつれてはいるがいまなおもとの秀麗さをとどめた、無精髭ののびた顔を見つめた。

（不思議な夜だ……）

さきほどの、あれは、夢だったのだろうか——

マルコは奇妙なぞっとする思いで考えていた。それは、いまだに、マルコの解決できていなかった、恐しい、理解できない体験であった。

まだ、イシュトヴァーンが意識を取り戻す前、もっとも容態が悪く、そしてこれはもしかすると駄目かもしれない——という真っ黒な絶望がマルコの胸をとらえていた真夜中すぎだった。マルコははからずも、疲労のあまりうたたねをしていたことに気付いた。

いったいいつ、眠りにおちてしまったのか、マルコは気付かなかった。ロウソクが燃え尽きて、かたんと燭台の下に落ちた音で、はっとマルコは目をさまし——そして、おのれが居眠りをしていたことに気付いたのだ。

あわてて、イシュトヴァーンの具合はどうかと目をそちらにやった瞬間、マルコはおのれの目を疑った。

寝台の向こう側、マルコのいるのと反対側のところに、誰かがいた。

それが、夢でもまぼろしでもなく、本当にそこにいた人間であることを、マルコは何をかけて断言してもいいと云えた。それは黒いずんぐりした、妙にまがまがしい感じのする背中の盛り上がった、なんとなく人間というより巨大な蜘蛛のようにも見える影で、短い両手を両側にひろげているので、いっそう蜘蛛がイシュトヴァーンの寝台の上におおいかぶさろうとしているかのように見えた。その顔のあるはずのところの上部はもやもやとした黒いものにおおいつくされ、そのなかに、ひとつだけ、ぎらぎらと光るぶきみな目とおぼしきものがこちらをにらんでいるのを見たとたん、勇敢な戦士ではあったが、マルコのからだから、恐怖のあまりへたへたとすべての力がぬけた。

もしも船を襲う海賊があったり、あるいはイシュトヴァーンの戦場で、王にむかって突撃する敵がいたとしたら、マルコはただちにためらわず剣をとって立ち向かっただろう。そういうおそれは知らぬほうだと思っていたが、しかし、《これ》はそのような想像をはるかにこえた、まったく超自然的な脅威にほかならなかった。いまだかつて、マルコが体験したこともない、ぶきみな、吟遊詩人のサーガにしかきいたことのないような存在がそこにいることをマルコは直感した——すなわち、《怨霊》とか、《幽霊》などと呼ばれる存在が。

「だ——誰だ！　何者だ！」

マルコはおののきながらも、勇気をふりしぼって、低く声をかけてみようとした。だが、驚いたことにからだは金縛りにあったように動かなかった。

ぎらぎらと光るひとつ目はじっとイシュトヴァーンをだけ見つめており、マルコになど、まったく注意もはらっていないようであった。寝ずの番をつとめていた小姓をも、イシュトヴァーンが少しでも安らかに眠れるようにと気遣ってマルコが次の間に追い出してしまったので、室のなかにいるのはマルコただひとりであった。そのことをマルコはどれほど悔いたことだろう。

叫びたかったが、声は出てこなかった。かれは驚愕と恐怖に縛られたまま、あえぎながらそのぶきみな亡霊を見つめていた。

イシュトヴァーンが寝台の上で苦しそうにもがいているのが見えた——そして、それが、どうやらその上におおいかぶさっているその黒い影が手をかれのほうにのばすたびにその苦しみのうめきが強まるようだ、ということも。その亡霊の手招きごとに、イシュトヴァーンの口からもれる苦しみのうめきが強まるのだ、ということに気付いて、マルコは必死に、なんとか剣をぬいて、かなわぬまでもこの化物に一太刀あびせたいと願ったが、からだのほうはまったく動かぬままだった。

(ああ……)

沿海州のものならば、誰でも、船幽霊や船玉、幽霊船や海坊主の怪談はいやというほどきかされている。また、これまでのルードの森のおそるべき遠征は、ぶきみなグールと、そしてさらにぶきみな死霊どもとの戦いを含めて、きわめて気味のわるいものであった。

だが、それらと、こんな内陸の、一応安全だと思っていた砦のなかで突然出現する亡霊にいだく恐怖とはおのずとまったく違うものであることをマルコは知った。これは、勇気とか、おそれを知らぬとか、そういう以前のものであった。

（消えろ）

必死になって、マルコはうつろになった頭のなかで念じていた。おのれが沿海州の人間――信心深くない沿海州の人間で、祈るべき神の名もたいして知らないこと――海の守り神ドライドンとその妻ニンフ以外には――が、これほどくちおしく思われたことはなかった。

怨霊はいまやじりじりと巨大になりながら、イシュトヴァーンの寝台の上にのしかかろうとしている。その手がふれたとき、おそらく、イシュトヴァーンの命は奪われてしまうのではないか――というかすかな恐怖と絶望がマルコの胸を浸したが、声も出せず、からだも動かせぬままに、そのまま、かれは、なぜか吸い込まれるような圧倒的な眠気におそわれ――そして、またしても、泥のように、なかば眠るというよりも意識を失ってしまったのであった。

はっと、誰かの叫び声で目をさましたときには、朝かと思うようなあかるい光が室内にあったが、それは小姓が、ろうそくが消えているのに気付いて入ってきて、ろうそくをとりかえ、新しい火をともした、そのあかりにすぎなかった。いったいどのくらい気を失っていたのか、室内にはむろん誰もおらず、ただ、マルコには、なんだかまだ黒いもやもやとした気配のようなものだけが、暗い天井のあたりに漂っているように思われてしかたなかった。

(もしかして、イシュトヴァーンさまは)

あの怨霊に連れ去られてしまったのではないだろうか——

真っ黒な絶望に襲われながら、マルコは寝台にむかっておどりかかるように手をのばした。そして、もしもイシュトヴァーンが冷たくかたくなって、むざんな死体となってよこたわっていたとしたら、せめてもその死に目をもみとってやれず、孤独と恐怖と絶望とすさまじい苦悶のうちに怨霊に連れ去らせてしまったのは、まったくおのれの責任だ、と狂おしく考えながらイシュトヴァーンをのぞきこんだ——

イシュトヴァーンの目が、突然開いたのは、そのときだったのである。そしてそのくちびるが動いた。

(きさまの——きさまなんかの思い通りになるか!)

その唇から、かすかにそう聞き取れる声がもれた——あるいは、そう云った、とマルコが思っただけだったのかもしれない。

「陛下!」

マルコの叫び声をきいて小姓たちと当番兵たちが飛び込んできた。

「呼んでこい。隊長たちを、早く」

マルコはおのれがなんという命令を下したのか、よく把握していなかった。だが、気付いたときにはまわりじゅうが心配顔の、まだあわてて夜着の上にガウンを羽織っただけのような隊長たちで一杯になっていたのだ。

（あれは……）

自分が、気を失っていたのは、どのくらいのあいだだったのだろう。

だが、いずれにせよ、そのあいだにイシュトヴァーンと怨霊のあいだに何かたたかいがあったとしたら、イシュトヴァーンがそれに勝利したのだ。

（陛下は……自分の力で、死の影の谷からかえってこられたのだ……）

自分は何もできなかった——マルコは思った。だが、それにもまして、あのぶきみな怨霊がただの悪夢、それとも気のせいであったのか、それともうつつにあったことだったのか、わからなかった。

（なんでもいい。カメロンおやじさんのためにも、祈りを——誰にでもいい、祈りを捧げなくてはなるまい。陛下は生きておられる。誰よりもきっと喜んでくれるのは、おやじさんにほかならない）

マルコは、ふっと、ほとばしるような吐息をもらした。朝の光の最初の一閃が、窓からそっとさしこんでくる。それは、マルコのおそれていたような、恐しい致命的な運命の決着を告げる宿命の朝ではなく、すべてが明るい方向に変じてゆく希望の光にみちた、神の朝であるようにマルコには思われたのだった。

2

「グイン！」

　絶望的な叫びを、グインは聞いた。

「駄目だ！　火が見える。風が——風が変わった！」

　スカールが、いくぶんよろめきながらも、必死にグインのかたわらに駈け寄ってくる。そのおもては、暗闇のなかでこれ以上なれぬくらいきびしくひきしまり、目ばかりがぎらぎらと白く光っている。

「煙がこちらに流れてきた。——道はひと筋だけ、しかもけわしいのぼり道、急がせれば片側は切り立った崖だ。——馬はこの上急げない。しかも、夜だ——馬は夜目がきかぬ」

「ウム……」

　グインはじっと下を見つめた。見たからといって、何か状態がかわるわけではないことはわかっていたが。

「いま、マオ・ターが反対側までまわっていって見てきた。——この山そのものが、すでに火がまわりはじめているという——この山は思ったよりも小さかったようだ。それに火事のほうはだんだん勢いを増してきている」

「……」

グインは、答えない。スカールは、もどかしそうに、グインを見つめた。闇の中でまた、そのおちくぼんだ目がぎらぎらと光る。

「こんな状況におぬしを追いつめてしまったことは心からすまぬ。だが、なんとかせんと——こんなに火のまわりが早いとは思わなかった。というより……山のこちら側だけだと思っていた。反対側にまで、火がまわっている、というのは、誤算だった」

「そう——だな」

グインはあいかわらず、あまりはかばかしい答えをしない。スカールはじれったげにグインの腕をつかんだ。

「ともかくもう、あの猛火のまっただ中へ引き返すことはできぬ。上へ、上へとのぼってゆきながら、なんとかしてそのあいだにこうした大規模な山火事のときにはよくあるように、この火が雲をよび、雲が雨を呼んで、その雨が自然に山火事を鎮火してくれるのを期待するしかない。あまりにも、無責任ないいぐさだと、グインどのに申し訳ない気もするが、正直云って俺にはもう、なすすべがない。といって——」

スカールは暗闇のなかでぎらつく目をまだ遠いが確実にこちらにむかって這いのぼってこようとしている炎のほうに向けた。

「炎のなかであたら世界の大丈夫を燃え尽き、焼き尽くされていのちを落とす、そんなばかげた死に方をさせるにはしのびぬ。いや、それ以前に、何があろうとそのようなことをさせるわけにはゆかぬ。そのようなことが万一にもあっては、この俺が草原の神モスにも、おぬしら中原の民が信じるヤヌスにも、申し訳がたたぬ。ともに炎の中で死ぬのがせめてもの申し訳といったところで、俺は息絶えてからも、何の面目あって神々や、さきにいったゆかりある死者たちの前に出られよう」

「死後の世界がじっさいにどのようになっているのかは、俺は死んだことがないのでわからぬ」

グインは、ききようによってはひどくそっけない、ともとれそうな返事をした。

「だから、死後のそのような裁きを考えてあがいたところでどうにもならぬだろう」

「なんとか、ならぬかと──最前から、ずっと考えているのだが……」

うなるようにスカールはつぶやいた。かれらの周囲には、のろのろと馬をかりたてながら狭い切り立った崖道を夜通しのぼり続けて、疲弊しきった騎馬の民たちが集まって、くずれるように座り込んでいる。もう、たとえ焼け死んでしまうとしても、一歩も動けない、といっている重傷者もいたし、ひそやかにモスの詠唱を唱え続けているものもいた。いずれにせよ、かれらもすでに、このいつのまにか追い込まれていた窮地のただならぬことを知り、もはやここがおのれらの数奇な変転の行き着く先かと、覚悟はひととおり決めているようだった。

だが、スカールは、まだ諦めるつもりはなかった。

「とにかく、雨が降ってくれることだけは——ずっとモスに祈りつつも……炎の中を突っ切って逃れるわけにはゆかぬだろうが、それにしても、このまま山の上まで追いつめられてしまえば——」

「燃えるものをすべてなくしてしまえば、少なくとも、そこから先には火は燃えてこられなくなる」

グインはうっそりと指摘した。

「山頂にとにかくたどりつき、その周辺の木をなんとかして切り倒し、おのれのまわりに空き地を作り——なるべく広い範囲に空き地を作って、火がわれわれの身まで及んでこぬように防ぐ以外にはうつ手といったところで特にはないだろう」

「それは——そのとおりだが、しかし」

スカールは唸った。

「見てのとおりの怪我人連れ、しかも長く続いたこの強行にみな疲れ切っていまにも倒れそうだ。いや、事実、すでに倒れてしまったものも何人かいる。——馬どももみな疲れ、怯えて尋常でない状態になっている。まだ山頂へはかなりあるようだ……」

スカールは暗い空をふりあおいだ。

「山頂にたどりつくまで、いったい何人脱落せずに残って居られるか――むろんいざとなれば、おぬしだけでも救えるよう、我々が木々を切り倒し、おぬしを――」

「何をいうにもその前にまず、最初に倒れるのがおぬしになっては何にもならぬ、スカールどの」

グインは容赦なく指摘した。スカールはちょっとうなだれ、反論しようとはしない。おそらくは、反論しようにも、する気力も、本当は体力も残っておらぬのだろう。

「もしかしてまた、操られることをおそれてグラチウスの薬を飲んでいないのかもしれぬが――だとすると、おぬしのそのおそれが、いっそう我々の逃避行をさまたげている可能性もないではない。ともかく、まだ火は一応遠い。このようにして半端に、倒れてしまったときに休み、また火が近づいて無理矢理に動き出して、それで充分休めなかったといってまた倒れる、ということになると、それが一番悪い。なんとかして、負傷者をも、そうでないものもあるていどまとめて休ませてやれて、それから一気に山頂にまで達して、その上でなんとか生きのびる方策をたてるのが、もっとも現実的なのではないかな」

「現実的、現実的か！」

スカールは唸った。そして黒いこわいひげをひねりあげた。

「俺もこれで、相当に現実的な、身もフタもない判断を下すほうだと思ってうぬぼれていたのだがな。おぬしと話をしていると、俺はなんだか、なんとおのれが甘くて幻想的な――現実を見ないで感傷的なことばかり口にしている人間なのだろうと思えてくるよ、グイン。だが、問題は……俺とてもそうしたいのはやまやまだが、火のまわりが意外なほどに早い、ということだ」

「そのことだが」

グインは何か言いかけた。だがまた、口をつぐんでしまった。

スカールは一瞬怪訝そうな目でグインを見たが、すぐにおのれの切迫した想念に気を取られた。

「とにかく、ぎりぎりまで皆を休ませて――なんとか、みなが動けるようになりしだい、ともかくここからまた山頂めざして出発しないわけにはゆかぬ。火の手は思いのほかにまわりが早い。最初は、まさかあの遠くの山で見えている火の手が、こんなに早くこの山まで到達してこようなどとは、思いもしなかった。それが第一の不覚であった。あのときただちになんとか――別の道をたどっていれば……」

「いや、太子さま、それは不可能でございました」

うっそりと、いつもスカールの左側に彼を守るようにひっそりとつきそっている部の民のいまの最年長者であるター・リーが云った。

「この道は山肌をまわる一本道、近道もなければ他の道もございませぬ。私どももそれを承知の上で、必死にここまでやって参りました。——これほど火のまわりが早くなければなんとかなった筈、あまり御自分をお責めなさいますな」

「俺のことはどうでもよい。だが、グインが——」

「俺はおぬしに連れられてきたわけではない。ただ、俺が、おぬしらと一緒に歩いてこようと思った、という、それだけの話だ」

いくぶんきつく、グインは云った。スカールは力なく首をふった。

「ともかく、あと半ザンで出かけると皆のものにいってくれ。なんとか、また少しでも山頂に近づいておかねばならぬ」

「心得ました」

ター・リーが体がひどく重たそうに立ち上がって、重傷者たちを軽傷のものが面倒をみてやっている群のほうへのろのろと歩いてゆくのを、スカールはじっと見守っていた。

「そうでなくても、このところにきて急激にわが部の民たちは疲労の極限にきて病を発したり、力つきてたおれたりするものが多かった」

低い声でスカールは云った。

「もとよりわれわれは草原の民、明るい日の光のもとで暮らしていた者たちだ。長旅には馴れているが、ことのほか、暗くてろくに日もあたらぬ森林地帯の気候がからだにさわる。――それに、湿気だ。草原はからりとしていつもここちよかった。馬どもにも、人間にも、ルードの気候のなかで湿気と寒さが一番こたえたようだ」

「馬どもにもな。それはそうだろう。かれらは草原の馬だ」

「グイン」

スカールはちょっと、態度をあらためた。何か、ずっと心に引っかかっていたことを思いきって口にのぼせた、というように、低く云う。

「ひとつ、聞いても良いか」

「何なりと」

「あのとき――」

云いさして、スカールはためらった。草原の黒太子ともある彼にはふさわしくない逡巡であった。

「どの、ときだ」

「あのときだ――彼奴を倒したとき」

「……」

「おぬし――まことに、彼奴を……やる気だったのか？」

「何のことだ？」

そらとぼけたように、グインがたずねた。スカールはぎろりとグインを見た。

「彼奴を本当にこの世から葬り去るつもりだったのか。それとも、あれは、おどしのつもりだったのか」

「イシュトヴァーンのことか」

グインはちょっと苦笑をもらした。

「俺は――」

「俺はあれからずっと、おぬしが本気で彼奴を殺そうとしたのかどうか、考えていた。――だが、わからなかった。おぬしは、奴を俺から庇おうとしたのか。それとも、奴をたおさねば、あの場は切り抜けられぬと判断したのか。どちらだ」

「奴を、スカールどのからかばう、とは、また」

グインはまた苦笑した。

「あれが、その庇いかただとしたら、随分な庇いかたもあったものだな。俺は彼の急所を狙ったつもりだ。それが外れたとすれば、俺の未熟」

「云うな、グイン」

スカールは激しく云った。

「おぬしがそのようなことを口にすること自体がふざけている。おぬしは、彼奴ごとき、相手にもせぬだけの腕を持っている。おぬしは、彼奴を傷つけ、しかも殺さぬようにしようとはかったのだろう。俺が斬りかかるのをとめるかわりにおぬしは彼奴を切った。俺であれば、たぶんあの場で彼奴の息の根をとめている。——そうしたら、たぶんもうすべての望みを失ったゴーラ軍によって、我々全員も、あの場で全滅させられていただろう。——だがおぬしはそれを見込んでああしたのか。だとしたら……」

「だとしたら？」

「——恐しいのは……恐るべきなのは、誰よりもおぬしであるのかもしれぬ」

スカールは、つと、重傷者たちがわずかばかりの暖をとろうと焚いていた、小さな焚き火に寄っていった。

その焚き火から、一本の小さな燃えさしを抜き出して、ささやかな松明としながら、それを岩にもたれるようにして座っていたグインの胸もとにさしつけた。松明のあかりに、グインの鮮やかな豹頭と、そして黒いマントをつけたふしぎなすがたがうかびあがる。

「——なんだか、あまりにも喧伝されていたがゆえに、驚くことさえも、俺はしばらくわすれていたような気がする」

スカールは呟いた。

「あらためてこうして見ると、なんという不思議な——なんと、ありうべからざる存在なのだろう。……俺は大した学問もなければ、洞察力もない。おのれの宿命にふりまわされ、結局何ひとつなしとげることもなく人生を終わろうとしている愚かなただの人間、草原の風来坊にすぎぬ。だが、その俺でさえ、思わずにいられぬ——いったい、おぬしはどこからきて、どのような運命のなかにあり、そして……何を使命としてここにあらわれたのか、と」

「使命」

グインはちょっとびくりと身をふるわせた。

「使命、だと。俺の」

「そうだ。このような不思議な存在が、ただ何の理由もなくこの世に下されたはずもない。いったいなにものがおぬしをこの世界にこうして存在させたのか、それはわからぬが、ただわかるのは、おぬしはまさしく選ばれた存在であり、そしてその使命をとげるためにこそこの世につかわされた存在でしかありえない、ということだ」

「………」

「不思議なことだ。——俺は、以前から、おぬしに会いたかった。このようなことになろうとは夢にも思っていなかった、そのうちから、俺はおぬしのうわさ話をきくたびに、異常なまでの関心をよせていた。なにゆえかは知らず、俺は、《豹頭の戦士グイン》の物語にひそかにひどく興味をもっていた。というよりも、無条件でひきつけられる何かが、そのことばそのものの中にあった。豹頭の戦士グイン——！　なんと心を揺さぶる響きだろう」

「スカールどの……」

「長いあいだ、俺は、さまざまなうわさ話や、それこそ吟遊詩人のサーガをききながら、本当のおぬしとはいったいどんな奴なのだろう、どんなたたかいぶりをするのだろう、どんな人間で、そしてその豹頭はどういうことになっているのだろうと——そしてまた、いったいどのような理由で彼は豹頭にされてしまったのだろうか、それは何か石の都の魔道の呪いなのだろうかと、あれやこれやと考えて楽しんでいた。この話ほど、リー・ファを失って悶々として楽しまなかった俺に、心を慰めてくれた話はなかった。その後、俺が諸国を転々としているあいだ、しだいにからだを悪くしてすべてが思うにまかせぬようになってゆくあいだ、その長い旅のさなかでも、俺はいくたびとなくおぬしのことを考えたものだよ、グイン。そのせいで、はじめておぬしをルードの森で本当に見かけたとき、とうてい、はじめて会った相手だ、という気持がしなかったほどだ。とてもよく知っている、何回も会っている相手のような錯覚にとらわれた。俺はおぬしをとらえた彼奴の軍隊をひそかにつけまわしていたので、遠くから、おぬしが馬に乗せられ、あるいは歩いてゴーラ軍のなかにあるところを見ることができた。それはまるで——それはまるで、信じがたい絵のようだった」

「……」

「それを見るたびに、俺はあまりの不思議さに、この世のものならぬ感にうたれていた。こんな生物が、こんな存在が、こんな人間がまことにいるものであろうか、という思いにとらわれて——これまで、長いあいだうわさ話や吟遊詩人のサーガに聞いて想像していたその不思議な存在が目の前にいる。そしてそれは、想像していた百倍も不思議で、あやしく、しかも堂々としていて逞しい。ひと目みただけで——想像していたときにまったく予想もつかなかったのは、このふしぎな豹頭の戦士にともなっていた、驚くべき王者の風格だった。どこからみても、遠くからかいまみただけでさえ、それは立派な帝王そのものだった。周囲にいるただの騎士どもやゴーラのろくでなしどもとは、まるきりけたの違う、あたりを圧するような風格が漂っていた……」

「………」

スカールは、何を言い始めたのだろう——

そう、ひそかに不思議に思いながら、じっとグインはその思いがけぬ、ふっとはじまった昔語りに耳を傾けていた。スカールは、弱っていたとしてもそうしてだらだらとくりごとに時をついやすような男ではないことは、グインにはすでにわかっていたからだ。

「これは、まったく予想していなかったことだと俺は思ったよ、グイン。——そして、それだけでもう、おぬしに強くひきつけられてゆくのを感じていた。女子供や、すぐれた戦士でない男には決して理解できぬだろうもの——すぐれた力をもつ圧倒的な存在でありり、しかも人格的にも大きく強いものだけがもつ大きな力。それを、おぬしほどたやすく周囲にむけてほとばしらせ、またそれを平然とおさえこめる人間は見たこともなかった。そして、俺は——おぬしの戦いぶりをみた。ずっとひと目みたいと思っていたそれを、目のあたりにする幸運にも恵まれた」

「何を云いたいのだ。スカールどの」

「俺は幸運な男だ——と思った」

スカールの声がくぐもった響きをたたえた。

「こうして、まったく思いもよらぬところで、思いもかけぬ展開から、このようなことがなければ決して出会えなかっただろう、北の国の豹と相会うを得たということで。さらにはその勇者の知己を得ることすらも得た。間近く知ったおぬしは、遠目に見ていたときよりもさらに大丈夫そのものだった。俺は、このような存在がいることをまったく知らぬままにこれまできたことを不思議に思ったくらいだった——事実、おぬしと固い握手をかわすことを得たその瞬間から、おぬしは、俺にとっても——また俺の部の民たちにとっても、恐しく重要な存在となった。二度と、その存在を知らずにいたときのことなど思い出せぬくらいにだ。だが同時にまた——」

「……」

「同時にまた俺は……俺は、幸運な男であるとともに、きわめて不幸な男でもある、と思ったものだ。大袈裟にいえば、この世でもっとも幸運で、しかももっとも不運な男だ、とさえ思った」

「不運。それは何故」

「おぬしと相会うを得たとき、俺がすでにこのような病軀であったからだ」

苦々しく、またとないほどの苦々しさをこめて、スカールは云った。

「おぬしと知り合うてからこっち、ずっと俺の心のなかにはその思いだけが去らなかった。それはしだいに大きくなり、時としてその苦しみで俺を圧倒してしまうほどだった。……どうして、もっと早く会えなんだのだろう。どうして、もっと早くに——おぬしと会いたかった。俺が、もっとも健康で、力にみちて——そしてこんなあやしい病におかされ、あんな黒魔道師などの薬でかろうじて余命をつないでいるようなありさまになりはててしまう前に。本来の、本当の黒太子スカールを豹頭の戦士グインに知ってほしかった——その思いが、俺の胸に満ちてどうにもならぬ」

「そのようなことは……」

グインはいくぶん考えこみながら、ためらいがちに云った。

「そのようなことは、べつだん——スカールどのが、どれだけ英雄であるかということは、俺にははばかりながら、べつだんいまでもなお——」

「云うな。グイン」

スカールの声が、底知れぬ苦汁をおびた。

いつしか、草原の民たちも、おもだったもの、歩けるもの、元気なものはみな、ただならぬやりとりの気配に気付いて、影のように立ち上がり、こちらに近づいて耳をそばだてている。だが、ター・リーと側近のほんの数人以外は、遠慮しているのだろう、一定以上近づこうとはせずに、じっとこの、二人のたぐいまれな英雄のやりとりを遠巻きにきいているだけだ。

空気には相変わらず妙な、ありうべからざる熱気が底にひそんでおり、そしてどこかで、ぶきみなきなくさいにおいが少しづつ、少しづつ強くなってきているように感じられた。しんとしずまりかえった山の夜のなかで、耳をすますと、ぱちぱちぱちぱち——とひそやかに何かの燃え続けている音もはるか彼方から響いてくるようだ。そして、遠くの空は相変わらずまるで夕映えの空のように真っ赤に染まっていた。いずれ、その炎はそのあいだにあるすべての木々や生物を火の舌で舐めつくしながら、確実にこちらにむかって這い上がってくる。ぶきみな炎で作られたイドのように、それはこちらを着々と目指しているのだ。

「そのような慰めをきくことさえ無念で、くちおしく、胸が狂いそうになる。おぬしは何も知らぬ——かつての俺がどのような存在であったか。そして俺がどのように草原をかけて、どのように自由であったか——そして、どのようにして南の鷹と呼ばれていたか。俺は草原を思いのままに駈けた。幾日も戻らず、また思いのまま、心のおもむくままに遠駈けし、一日によく千里をもゆき、千里をも戻った。わがスカールの部の民たちもいまだ若く、俺の命令にこたえ、俺の叱咤にまけずに付き従ってきた。あのころ、世界はおのれのものだ——少なくともこの草原ではそうだ、とさえ思っていた」

「………」

スカールは、立ち上がった。半分くらいまで燃えてくすぶり消えた松明を投げ捨て、すらりと腰の剣を抜きはなった。

はっと、まわりをかこんでいた騎馬の民が、息をとめた。

3

グインだけが、いっこうに動こうとさえしなかった。その黄色い豹頭は暗がりのなかでも、まざまざと浮かび上がって見えている。そのトパーズ色の目もまた、驚いたようすさえもなく、じっとスカールを見つめていた。

スカールは剣をかるく振ってみた。ブルブルと、うしろの少しはなれたところで、あるじを案じるかのように、愛馬ハン・フォンが鼻を鳴らした。

「俺は思っていた——あのころ、俺が……このスカールが世界一の戦士だと。おろかしくもうぬぼれていた」

「………」

「いまなお……そう思っていたい。だがいまの俺は、もはやそのようなおろかしいうぬぼれなど、持つことさえかなわぬこのからだだ」

「………」

「抜け。グイン」

「何故」

「俺と、戦うためだ。——俺と立ち会え。それが、俺の最後の希望だ」

「何のために、そのようなことをせねばならぬ？」

「俺が、望むから——それは、理由にならぬのか」

「………」

スカールの部の民たちは、よほどよくしつけられ、訓練され——あるいは、本当にスカールという人間の気性をとことん飲み込んでいるのにちがいなかった。

話がどのようななりゆきになろうと、どう展開しようと、いささか浮き足だったようす、心配げな様子になりながらも、スカールがとめてとどまる気性ではないことを知っての上でだろう。心配顔のままじっと様子を見守っているだけで、声も出さぬ。

「もっと、前におぬしと会いたかった。もっと早く——もっと何年も早く」

スカールは深い谷をわたる風のような声でつぶやいた。

「そうすれば——ものごとはずいぶんと違っていたのかもしれぬ。俺も——俺も、リー・ファのまぼろしを追い、リー・ファに捧げた仇討ちの誓いひとつを守ろうとこのようなところまでも流浪して一生をフイにすることにはならずにすんでいただろう。ほんの二年前でさえ、まだ間に合ったかもしれぬ。——だが、モスはそれを許さなかった。たった二年の猶予でさえ俺に許さず——弱りはて、衰え、病みほうけた生ける屍、黒魔道師の薬によってかろうじて生命をとりとめているあわれなゾンビーとして俺をおぬしに相会う時を下し給うた。——俺は、それが口惜しい。俺は限りなく、それがもどかしい。胸がかきむしられるほど——あれだけ執着していると思っていたリー・ファのことさえ、もうこの先、この無念に比べればどうでもよくなるほどにだ」

「太子——」

「このままでは、俺は——もとアルゴスの黒太子スカールの、豹頭の戦士グインの目にうつるすがたはただの病みおとろえた骸骨——まともな判断も下せぬ、戦士とは名ばかりのゾンビー。そのままでは——死ねぬ」

「スカールどの。それは」

「云うな、グイン。何も云わずに俺の言葉を聞け。——俺が待っていたのは、このときだったのかもしれぬ。……おぬしもきいたはずだ。あのときあのイシュトヴァーンの悪魔めはなんといった。お前の手にかかって死ぬなら本望だ。どうせやるなら俺が死ぬまでやれ——俺を殺せ、いのちなど、いつでもくれてやる、と」

「………」

「あの、彼奴の気持——彼奴の思いや気持など、金輪際理解するものか、何ひとつ彼奴のことにこれっぱかりの共感さえも持つものかと思うほどに彼奴を憎み続けていた俺であったが——あのときはまだわからなかった。だが、そのあと考えれば考えるほどに—

──彼奴のことばは正しかったと……まさに、それだけは、彼奴も正しいことを云ったのだなと──」

「太子」

「おかしなものだ。もののふには、男には、大丈夫には、『この男の手にかかるなら本望』ということが、まさしく、あるものであるらしい」

スカールは、ゆっくりと左腕で合図した。

その合図は、暗がりのなかにも目のきく騎馬の民にとっては、すでによく理解されている合図であったらしい。草原の男たちは、ざっと立ち上がるなり、かれら二人を取り囲むようにして、道の両側に退いて場所を作った。

かれらが迫り来る火の手に怯えながらも、またしても重傷者たち、負傷者たちの疲労と衰弱をどうすることもできず、またいっときの休憩をとっていたのは、後ろ側が切り立った崖となり、前もまた切り立った崖となっている──けわしい山を巻いている道の、ほんのちょっとだけ、崖が以前の崖くずれででも切り崩されて小さな広場といっていいくらいのたいらな地面が出来ている場所であった。といったところで眼下はずっと切り立った崖の下にうっそうと、まだそこまでは炎も追ってきていない木々の梢が見えていたし、上を見上げればいつ落ちてくるかわからない巨大な岩がごろごろとしている。まことに、こころもとない──ことに暗がりですすむにもとどまるにも、まったくおぼつかない場所であった。それでも、そのようなちょっと広くなっている場所場所を選んで馬を休ませ、人々を休ませせないことには、かれらはもう、一歩も進めないくらいに、根本的に衰弱してしまっていたのだ。ほんのちょっと、半ザンばかり休憩し、水を口にし、それからまた力をふりしぼって立ち上がって山頂をめざして動きはじめる。――馬たちは怯えているだけでまだ元気であったが、人のほうは、もう、元気だったものでさえ、身をおこすとき早くは動けないくらい弱りはじめていた。元気なものたちは、かえって、負傷者たちの面倒をみる、という苦しい負担があったので、いっそう疲労が早かったかもしれぬ。

「俺と立ち会え、グイン。むろん、いのちがけの真剣勝負だ。俺のいのちをとってもらってかまわぬ。何の容赦もいらぬ。イシュトヴァーンのときのように、手加減だけはするな。そのようなことをされたらこの部の民どもが黙っておらぬ」

「いったい、何の騒ぎだ」

グインは驚いたようすもなく云った。まだ、まったく身をおこすけぶりもみせぬ。

「俺がなぜ、スカールどのと立ち合わなくてはならぬ。まして、下に火の手が迫っている――このようなところでのんびりとしている場合ではないだろう。体力が回復したなら、少しでも早く山頂に到達し、木々を切り払い、空き地を作って火をよけ――」

「無駄だ。グイン」

するどく、スカールが云った。そして、腰の水筒をとり、中身を口にうけてわずかに口を湿した。

「下からは迫り来る火、しかもそれは全山を焼き尽くしながら刻々と攻め上ってくる猛火――そして、わが部の民の多くは負傷し、もとよりその大半を失った。俺にはもう何も残されておらぬ。生きる力さえも失った。リー・ファの仇を討ち果たす誓いも果たせぬ。リー・ファの父親も、なき娘を思いながら過ぐる日に旅の途上に果てた。俺はこやつらに――あくまで忠実に付き従ってきた部の民どもに、何ひとつとして――何ひとつとして報いてやっておらぬ。かれらのくれた云おうようない忠誠に俺が返すことが出来るのはもはやただ、この俺の値打ちを失いかけている命しかない」

「………」

「だが、その――その俺の命をいかにしてきゃつらに返すか……せめて、このいまの俺に出来ることは――炎にのまれ、誰にも知られぬままにむざんや黒こげになって果ててゆくよりはまだしも、勇者との戦いにたおれたと――さいごまで勇者、戦う者としてあったとこやつらにその誇りだけはくれてやりたい」

「迷惑！」

グインは強く言い返した。

「それはスカールどののおもわくかもしれぬ。だが、俺はそれには乗らぬ」

「乗る乗らぬですることではない。俺にとってはこれが一期《いちご》」

スカールは爛々と目を燃やしながらグインを見つめた。ゆらり、と剣を手にして立った、やせ衰えたからだから、鬼気——とさえいいたいものが漂った。

「もはやこの機を逃したら、俺は——俺は二度と……立てぬかもしれぬ。いまでさえむろん俺はおぬしの敵ではない。だが——かつてなら……かつての俺ならば、それなりにおぬしと——あのイシュトヴァーンよりはまだしも多少、打ち合えたかもしれぬのだ。そのころの夢を追うわけではない。だが——」

「むごい言い種かもしれぬが——」

グインは鋭く、叩きつけるように云った。

「それはスカールどのの感傷。感傷にのってこのようなところでそうして時を無駄にする気はない。もしもあくまで、スカールどのがおおせをかえぬなら、俺は」

「どうする」

スカールがニヤリと笑った。瞬間、かつての豪放磊落の影が、その夜目にも白く浮かんだ歯にのぞいた。

「俺を切り捨ててゆくか。それこそ、俺の望むところぞ」

「卑怯な」

「なんとでもいえ。俺は一期の記念におぬしと戦いたい。世界最強の男と戦った、その記憶をこの衰えた腕に刻みつけて逝きたい。——まさしく、おぬしの手にかかるなら戦士の本望。——宿敵イシュトヴァーンのみをそのような本望にあわせることはない。俺と戦え。グイン」

「手が合わぬ！」

痛烈なことばであった。

スカールのおもてがひきつったが、あえて言い返しはしなかった。

「おぬしのいうとおりだ。だが、死を悟った人間にはそれなりの——戦いようもあるぞ」

「俺にはない。俺にあるのはただ、論理、それだけだ」

「グールに襲われて命を落としかけたところを救われた恩義は忘れぬ、といったぞ、おぬしは」

「………」

「ならば、その恩義を剣でかえせ。俺がこれほど望むものを、俺にあたえてくれるのも、仁義というものではないか」

「スカールどのが望むのが、《死》であってみれば、それを俺がスカールどのに与える死神の手先の役割は真っ平御免だ！」

「死神の手先になるかどうかなどわからぬ。案外、死を覚悟した人間は強いぞ、グイン」

「……」

「イシュトヴァーンをああして、紙一重のところで生かさず殺さず、負傷させてゴーラ軍をひかせた——俺の妄執からもかつての友を救った、あのようなことが、他の人間に出来ると思うか、グイン。イシュトヴァーンを差し貫いたのこそ、おぬしのこよない友情と俺は感じたぞ」

「……」

「その友情あらば——知り合ってまだ短いとはいえ、俺を友とよんでくれるなら、それを俺にも向けろ。この上生きてゆくことは俺には地獄だ。ここで、おぬしの手にかかって」

「迷惑、と云っている」

「何故だ！　グイン」

「太子——」

グインは立ち上がった。

はっと、草原の戦士たちがざわめいた。グインの目が、夜闇のなかでぎらつく光をようやく湛えた。

「このようなことをしているいとまはない！　早く、山頂へ！」

「俺はもう行けぬ」

スカールが絶望的に叫び返した。彼の目もあやしく光っている。

「見て、わからぬか。この上俺に恥辱を与えたいか！　俺はもはや力尽きた。俺の民も力つきた。もはやこの上山頂は目指せぬ。たとえ目指したとしても――たとえ山頂になんとかたどりついても、おぬしのいうとおり、木々を切り倒して火をよけ、火がしずまるのを待つような力はもうわれらにはない。――むざんに黒焦げになって迫り来る炎に一人一人飲まれてゆく――そんなむごたらしい死に様を俺たちにさせないでくれ。草原の民の誇りとアルゴスの黒太子スカールの誇り――さいごまで、守らせてくれ」

「それがなぜ、俺と戦うことになる！」

「俺はもう、動けぬ」

スカールは呻くように云った。

「このまま――おぬしがここにとどまったらおぬしまでも炎に飲まれる。俺を切り捨てて山頂を目指せ、グイン。俺の部の民は俺のなきがらを守りながら炎のなかに俺もろとも果ててゆく。それが、スカールとその部の民の末路だ。おぬしは生き延びてそれを、吟遊詩人にでも伝え、末代までも語りつがせてくれるがいい。そうすれば、アルゴスのふるさとのものたちも、われらの運命について知ることが出来るだろう」

「………」

グインは、炎のような目で、スカールをにらんだ。

「読めた！」

その口から、痛烈なことばが洩れた。

「おかど違いだ！　俺を無理矢理追い立てて俺一人助からせようと企んだところで、俺はおぬしの思い通りには動かぬ」

「だから、動かしてみせる！」

スカールは、やにわに、剣を抜いた。

衰えきった——と見せかけていただけでもあったかのように、いきなり、まっこうから、グインにむかって斬りかかった。グインはすばやく、剣をぬきあわせもせぬまま鞘で受け止め、そらした。

「危ない」

グインの口から、吠えるような声がほとばしった。

「ここは恐しく足場が悪い。しかも夜だ、崖っぷちは岩が崩れやすい。無茶なまねはよせ、黒太子」

「よすか、この豹め！」

スカールは、たたらをふんで立ち直った。

その足に蹴り飛ばされた石が、からからと崖下に落ちてゆく音が、もの恐ろしげに響いた。だが、スカールも、草原の男たちも、そちらには一瞥もくれなかった。

「ここはそもそも地盤そのものがゆるい。あまりここで大勢でどたばたしていれば――どんどんへりのほうから崩れてくるかもしれぬ。それより、山頂へ！　炎が届くにはそう時間はないぞ」

「俺は、もう行けぬ。重傷のものたちはもう動けぬ。軽傷のものも力つきた。かれらを置いてゆきはせぬ。だが連れてゆけば所詮、無傷のものまで共倒れになる」

スカールは激しく叫んだ。そして、ふいに激しくせきこんだ。

「やめろ」

グインは叫んだ。そして鼻をひくつかせた。

「このにおい――きけ、遠くから……パチパチいう音がせぬか。ごうごうという音もきこえる――思いの外に火が近いぞ！」

「わかっている」

「逃げるんだ」

グインは叫んだ。スカールはすばやい突きをくりだした。衰えたりとはいえ、かつての草原最大の勇者黒太子をしのばせる鋭い攻撃であった。グインはこんどはあえてよけなかった。紙一重のところでかわしざま、スカールの剣を、わきではさみこむようにして、腕ごとおさえこんだ。

「この、わからずやめ」

グインは叫んだ。

「助かりたくなければ、俺が背負ってでも助けてやる。俺は火に焼かれて死ぬつもりもなければ、ここでスカールどのの死神の代理をするつもりもさらさらないぞ！」

「ごしょうだ、グイン。情をかけてくれ」

スカールは剣を引き抜こうともがいた。だが、グインの圧倒的な力に、腕をぬくことも、剣をはなすことさえできなかった。

「く——！」

「おぬしの病気はきっと直る。なにもグラチウスのよこしまな薬など用いずとも、白魔道の偉大な魔道師の力をかりればきっと直る。俺の知っているイェライシャという魔道師がいる——大した魔道師だ。そやつなら必ず、何か道を示してくれる。自暴自棄になることはない」

「俺は——自暴自棄になどなっておらぬ」

スカールはもがいた。そして左手でなんとかしてグインの手をもぎはなそうとしたが、どうにもならなかった。

「くそ、この馬鹿力め！」

スカールはわめいた。

「なんていう力だ。まるで万力にでもかけられているようだ」

「大人しくせぬのならこのまま担ぎ上げて山頂へ連れてゆくが、いいか」

グインは手厳しく云った。

「せっかくいくたびも拾った命、本当に落とすときにはあっという間だ。何も死に急ぐことはない。それとも、それほど、女に会いたいか！　黄泉の旅路で、死に別れた女に会いたいのか」

「ああ、会いたいとも！」

スカールは怒鳴り返した。真っ赤になってもぎはなそうとしてもグインの手ははなせない。

「会いたくて、悪いか！　俺には一生いちどの最高のいい女だ。会ったら、きさまだって、絶対に欲しくなる。だがきさまにはやらぬぞ、豹め！　俺の女だ。会いたかろうが、黄泉の国まで追いかけようが、文句があるか！」

「その時がくれば地の底までも、ドールの黄泉の底の底までも追っかけてゆくがいい」

グインは怒鳴った。そして、いきなり、ぐいと思い切り、スカールの腕をたばさんでいた脇に力をこめると、スカールの手からぽろりと剣が落ちた。それが地面におちるまえに、グインはすかさずそれを山側の崖のほうへ蹴りはなした。

そのまま、もがくスカールを、グインはかかえあげた。肩にひっかつぎ、おのれの剣をすばやく片手で鞘に落とし込む。

「面倒だ。このまま山頂に連れてゆく！」

グインは大声で叫んだ。

「スカールどのの部の民ども、ついてこられる者はついてこい！　もうそこまで炎が迫っているようだ。どんどん熱くなってきた。このままここで焼けぼっくいになりたいか。俺はごめんだ。俺はスカールどのをかついでゆくから、馬どもをはなしてやれ。馬どものほうがスカールどのより利口だ。どんどん、山頂へ逃げてゆくだろうさ」

「は、は、はい……」

「さあ、早く！　なんだか、イヤな音がしてきた。炎が近いぞ！　もし、水があるなら大事にかかえておけ。そら、馬どもが走り出した」

馬どもは、かなり恐慌に近い状態に陥っていた。

まだ、目のまえに炎が迫ってきたわけではないが、いまではもう、下のほうの暗闇をわけてちろちろと燃えている炎のようすがはっきりと見えはじめていた。もっとも上から見ているから、森のあいだにちろちろと火の手があがっている程度にしか見えないが、そちらへおりてゆけば、もはやそのあたりは一面の火の海になりつつあるところだろう。しだいにあたりは明るくなってきている。

「はなせ、グイン」

スカールはわめいた。グインのたくましい分厚い肩にひっ担がれたまま、懸命にグインの手をはなさせようとする。

「俺に恥をかかせるか。このようなざまを部の民にさらしてどうして生きてゆかれる」

「なら、山頂について無事に火の手を逃げ切ったら俺が殺してやる」

グインは怒鳴りかえした。そして、さすがにあえぎながら、一歩一歩、山道をふみしめるようにして、歩き出した。部の民たちが、わあーっと叫びながら、ついてくる。

痩せ衰え、病みおとろえているとはいいながら、もともと骨格たくましく筋骨逞しいスカールのからだは、充分にまだ重かった。だが、グインはひるむことなくそれをたかだかとかつぎあげ、山道を出来るかぎりの速度でのぼりつづけた。

「おろせ。これではおのれも助からぬわ」

スカールがまた必死にわめいた。

「耳のはたでわめくな。やかましい」

「この、くそ豹が。なんという強情我慢なとんでもない奴だ。俺はこれでもまだ六十スコーンもあるのだぞ。おろせ。俺をかついで山になど登れるものか」

「ラゴンの勇士ドードーに比べればおのれなど、わらで作った人形くらいの重さにすぎんわ」

グインはまた怒鳴りかえした。胸にも首にも汗がにじみ出てきはじめた。重さのせいばかりではなかった。空気のなかに、何かイヤな熱気がしだいにたちのぼりはじめ、すぐ下の森の木々のあいだから、幾筋も、煙が立ち上りはじめて、きなくさい、いやなにおい、もののこげるにおいが押し寄せてきたのだ。

「見ろ」

グインはあえぐようにいった。

「下を。——火の海だ」

「おお——」

一瞬——

さしも度胸のすわった草原の男たちも、ことばを失った。

炎はもう、この山の山はだを、裾からなめあげながら、ぐるぐると山のまわりをまいている山道の、いまかれらのいるところのふたまわり下くらいまで、迫りはじめていた。どういうわけかにわかに視界がひろびろとひらけた感じがあった。いきなり、隠されていた視野が一気にひろがったように、あたりに青い空がひろがった——その理由はすぐにわかった。朝がきたのだ。

長い、苦しみにみちた、炎から追われて逃げ続ける逃避行の夜はいきなり前触れもなくあけていた——いや、前触れとなるべき朝の光の最初の一閃はあったにちがいないが、かれらはああだこうだと大騒ぎをくりかえしていて、それどころではなかったのだ。その間に、一気に朝がやってきて、あたりは目のさめるような明るさに包まれていた。

だが、それが照らし出したものは、かえって、いっそう人々を絶望の淵に追い込むようなものばかりであった。

見渡すかぎり、炎の海——といったら、あまりにも大袈裟でも、じっさいには、そういいたいほどのすさまじさであった。この山だけでなく、となりの山も、炎に包まれたとてつもなく巨大な松明と化していた。逆に、最初に燃えはじめたはずの、ルードの森に近い側のほうはもう、すべて燃え尽きてしずまってしまったのか、妙にがらんとした、ひろびろとした光景がひろがっていた。黒い草のようなものがたくさん、灰色の原に繁っているように見えたが、それはなんと、燃え尽きた巨木の群のむざんにも焼けぼっくいと化した姿のようであった。

一瞬、さすがに気を呑まれたようにグインはその眼下にひろがる光景を見つめていた。それから、にわかに、さらに力をいれてスカールをかつぎあげ、足をはやめた。

「いのちあってのものだねとはこのことだ」

グインはもう落ち着きを取り戻した声で——さすがにかなり息をきらしてはいたが——部の民たちに怒鳴った。

「見るがいい。次々とあんなでかい木が燃え崩れて落ちてゆく。とにかく山頂を目指すのだ。それで助かるかどうかは知らぬ。だがこのままここにいれば、遅くとも一ザン後には丸焼けだぞ。見ろ、馬どもはどんどんのぼってゆく。あれについてゆくのだ」

4

すでに──

たちこめるきなくさい煙がかなり、上のほうまでたなびきはじめていた。

ゴホン、ゴホンとしきりとせきこんでいる者たちがいた。グインは、布を口にあて、煙を吸い込むな、と指示すると、おのれはマントの端を口にくわえた。

「スカールどのもマントの端で口をおおっていてくれ」

「おろせ。頼むから、おろしてくれ」

スカールの声は悲痛な響きを帯び始めている。

「もういい。俺たちを置いていってもらうことはあきらめた。だがせめて、俺をおのれの足で歩かせてくれ。頼む。このままではおぬしが──」

「共倒れにはならぬし、焼けぼっくいになるつもりもない」

グインはきっぱりと云う。そのあいだも、大地を一歩一歩踏みしめるようにして、スカールを背中に背負い、歩き続ける。

「スカールどののいまの状態では、俺がこうして背負ったほうがいい。本当は、しっかりおぶさって下さるともっと速度が出るのだが、そうしてくれと頼んでも無駄だろうな」

「グ、グ、グイン！」

悲愴な声を、スカールはふりしぼった。

「頼む。あの場で残ったものたちもいる。俺も――俺と俺の部の民たちも、おのれの運命に従うくらいのことは……出来る。だから、頼む……おろしてくれ」

「それはおぬしの運命じゃない。おぬしの運命はこれからおのれで切り開くのだ」

グインはまったくスカールの哀願、哀訴を耳にいれようともしなかった。

だがスカールのことばは事実であった。いまはこれまで――と、もう、この上、グインたちについてゆくことをあきらめた重傷者たちは、軽傷のものたちと、草原の男らしいあっさりとした別れのことばをかわし、形見の品を手渡すと、あとは微笑みさえしながら手をふって、重傷の五、六人のものたちがひとかたまりに崖の前の空き地に集まった。そして、スカールたちを見送っていた。

かれらがどうするつもりなのかは、すでに明らかであった――グインたちが、ゆるやかに山はだにそってまわってゆく山道をのぼっていって、かれらの姿が見えなくなったとたんに、断末魔の絶叫がいくつか響いた――また、そのなかのふたつほどは、ずっと下のほうへ落ちてでもゆくような響きをともなっていた。おのれのいのちを絶つ力も喪ったものたちは、崖に這い寄って、そこから身を投げたのだ。すでにその下は火の海であった。一瞬にして、かれらのからだは炎に飲まれただろう。

「…………！」

スカールは、声にならぬ悲痛なうめき声をあげた。

「俺は……俺ほどひどい失敗者の人生があるだろうか！　俺は可愛い部下どもをさえ救ってやることもできなんだ。女も救えず――仇も討てず――おのれ自身さえこんな姿となりはて……こんな俺についてきたばかりに、きゃつらは……」

「自分をあわれむのはこの山火事から助かってからにしろ！」

グインは怒鳴った。

「おぬしとて黒太子スカールと呼ばれた快男児なのだろう！　それはただの病での気の弱り、おぬしはいまなお黒太子スカールであるはずだ！」

「なぜ、俺をきゃつらとともに置き去りにしてくれなかったのだ。そうすれば少なくとも、お前だけは助けられたという満足を感じられただろう」

「そのかわり俺は生涯、お前に助けられた、という負い目を背負って生きることになる。そんなのは真っ平御免！」

「なんと、情のこわい！　とにかく、おろせ、頼むから、おろしてくれ」

「死んでもイヤなことだ」

グインは思い切り足をふんばった。さすがにスカールの体重をかついで山道をのぼってゆくのはグインにとってもたいへんな重労働には違いなかった。それでも、スカールが病で痩せ衰えていた分、まだしもましだっただろう。

「日頃は俺たちは馬にそうやってお世話になっているんだからな」

面白そうに――かすかに笑いさえしてグインは云った。

「今度は俺が馬のかわりになっていると思っていればいいだろう。俺のことをハン・フォンと呼んでいればいい」

「何を馬鹿をいってる――なんと、グイン」

スカールは呆然とした。

「そ、それは、お前の冗談なのだな。これは魂消た。豹頭の戦士グインの冗談とは」

「さあ、もうあと少しで山頂だ。思ったより、我々はもうずいぶん上にきていたのだな」

グインはいささか照れてでもいるように云った。いきなり、あたりの景色がまた開けた――山頂、というよりも、そこはむしろ、たいらな森がひろがっているところに突然突きだしている岩場、というように見えた。かなり広かったが、どこが本当の山頂ということは指摘できないくらいに、ごつごつと岩があちこちに切り立っていた。森が突然切れているので、一瞬驚いてしまうほどだった。馬たちは、すでにその岩場に踏み込んでいて、慎重に安全そうなところに立ち止まり、あるじたちを案じ顔にうしろをふりむきながらよりそいあっていた。

「ここにいろ。黒太子」

グインは、やや乱暴にスカールを岩場ののぼり口に放り出した。いきなり、かつぎあげられていた状態から解放されて、スカールがたたらをふんで転がる。

「面倒をみてやれ、部の民ども」

グインは命じた。それから、あわてて騎馬の民がスカールに駈け寄ってゆくのを確かめもせずに、剣をひきぬいた。だが、木々の生えているあたりにかけよってみて、いささかへきえきしたようにうめき声をもらした。

「これは、ちょっと——剣でいまのうちにこのあたりの木々を全部切り倒そうというのは無茶な相談だな」

グインは舌打ちをした。

「なんだってまた、このあたりはこうよく木が生えそろっているのか——これではどうにもならぬ。まあ——ちょっとした岩場にはなっているのだから、そこに身をよせてとにかく火がそこまでもえひろがってこぬよう、祈っているほかはないが——しかし、問題はこいつだな」

岩のところには、すでに木々の大きいのはないが、茂みはたくさんある。

そしてそのあいだに、さらにたけの低い草むらがずっとひろがっていて、岩場といったところで、ノスフェラスの岩場で想像するような、まったく木々のない状態ではない。むしろ、ゆたかな緑のめぐみは、ただ森のほうとは木々の種類が違うというだけで、太陽の光に近い分、いっそう、うっそうとしているくらいだ。

「ウーム……」

グインは唸った。そして、やにわに、ちょっと小高くなっている岩の上に、手をかけてよじのぼった。

高みからみおろして、またしてもうなり声をあげる。炎はまるで、孤島にうち寄せる炎の波のように、ひたひたとこの山全体をとりまいて山頂にむかって迫ってきつつあった。

すでに、さっきかれらがいたあたりの山林は炎につつまれ、ごうごうと燃え上がる巨大なかがり火と化してしまっている。そのなかに、やはりおののいて飛び立つ鳥、燃え尽きて落ちてゆく鳥、逃げまどう獣たち、どうと倒れてゆく木々、のすがたがある。すでに炎はいくたの山々をそうやって舐めつくしながらここまで燃え広がってきたのだ。それでもいっこうに火勢はゆるまない。

「これは……また」

グインは見渡すかぎり火の海となりはてている山々を見ながらさすがにうなり声をあげた。その彼方には平和そのもののようにルードの森とおぼしき黒いひろがりがある。あれほど恐しいことばかりおきて、またぶきみなものたちばかりが住んでいたあのあやしいルードの森が、いまは、この上もなく平和な桃源郷のようにさえ思われる。

グインはせきこんだ。このあたりにまで、すでに、かなり黒っぽい煙がたちのぼってきている。生木が多いので、火が燃えつくのにも時間がかかると同時に、一回燃え始めると際限もなくぶすぶすと燃え続け、くすぶりつづけるのだ。すでに炎がまわっている遠い山々は、火の海というよりは、真っ黒な煙におおわれた、煙の海のようになり、そこから幾筋も天にむかって煙の筒が立ち上っている。そのまがまがしい黒い煙、白い煙が立ち上ってゆくさきの空が、もうすっかり明け切って、なにごともないかのようにさわやかな青空であるのも、ひときわむざんな感じを与える。このような青空の下でむざんな火の神の乱舞がたくさんの、森が養った小さな生命を焼き尽くしているのだ。

いくらそれをいけにえにくらっても、満足せぬかのような火の妖精フレイアの踊りは、いつやむとも知れぬ。これほどの規模の山火事になってしまうとただもう、これを鎮められるのは天のダゴンの三兄弟神だけではないか——と、グインは天上をあおいだ。

だが、哀しいほどに澄み切った高い空には、ひとかけらの雲さえも見えない。あちこちからたちのぼる煙も、雲になるまえに散り果ててしまって、まったくあたりには、雨の予感さえもないのだ。

「くそ……さすがに、これは——」

グインは、ひそかに口のなかで、珍しい悪態をついた。

(このままでは……さすがに、どうにもならぬ——か……)

ちらりと、目を、スカールを中心にかたまっている騎馬の民たちのほうにやる。馬たちもあるじのほうへと集まり、心配そうにいないたり、そのへんを歩き回ったりしているが、もうここがゆきどまり、この先にはどうにも逃げ場がない、ということはかれらもわかっているようだ。

スカールはまだ投げおろされた地面に座り込んだままだったが、それを騎馬の民たちが取り囲み、しきりとなにか云っている。おそらくは、ここをおのれらの最後の場所として、スカールへの忠誠を誓い、スカールともども死んでゆくためのさいごの儀式でも行っているのかもしれぬ。一応いまの長老であるらしいター・リーが中心になって、何かモスの詠唱のようなことをとなえはじめたので、そう思ったのだったが。

(だが……)

(こればかりの窮地——まだ、窮地とも云えぬ)

(俺はこれまでいくたびもいくたびも——)

ふいに、グインは、はっと身をかたくした。

（幽霊島……）

（そうだ、幽霊島——青い深い水）

（俺は苦しくてもがいていた——それに、あれは……あれは何だ……巨大な目、巨大な……）

（ほかにもある。いくらでもあった——押し寄せる軍勢を前にたったひとりで立ちつくしていたこと——いや、それはあのルードの森での話じゃない……これはどこだろう——それは……このたくさんの星々の記憶はなんだ——おびただしい星々——からだが自然にうきあがり——もっとある——）

えたいのしれぬ、記憶のかけら、というよりも、ただの場面場面の洪水のようなもの——そのきれはしのようなものが、あとからあとから、グインに襲いかかってくる——そんな錯覚にとらわれて、グインは思わず手で目をおさえようとした。それから、気付いてあわてて手を岩にもどし、ひょいと飛び降りた。

「スカールどの」

ゆっくりとスカールたちに向かって歩いてゆきながら、グインはとっさにおのれの心を決めていた。

「残念ながら、この先はもうどうにもならぬようだ。——俺はそれでも、なんらかの天佑があってこの窮地を切り抜けられる、と信じながら、それがなければこの場で死ぬしかないだろうと思うが、おぬしはまだ、俺に切られて死にたいのか？」

「いや」

スカールは苦笑した。

「おぬしを追い払ってひとりで先にここにやらせてみても、所詮は同じことだったな。浅知恵だったかもしれぬ。――山頂にたどりつけばなんとかなるかと思っていたが、結局、迫ってくる火のすがたがよく見えるだけのことだったようだ」

「では、俺と戦うという愚かな考えも捨ててくれた、というわけだな。――ということは、まあ、われわれはどうあれ一蓮托生、このまま炎が押し寄せてくるのをまって、天佑がなければここで黒焦げ、と、まあ、それはそれで仕方ない、ということかな」

「まあ、そういうことだ」

スカールはニヤリと不敵な笑顔をみせた。確かにそれはたいそう魅力的な笑顔だった。

「おぬしの手にかかって死ぬ、という楽しみはまだ諦めたわけではないが、それはただここで自害するかわりに殺してくれ、というわけではない。ここを万一生還できれば、いずれどこかで俺はおぬしとはたちあってみたい。そのためにも――生きてこの火の山から下りたいものだとは思うが、かなわぬかな」

「それは、わからぬ。俺は体に炎が燃えついてからだが燃えだしたとしても、さいごの息がとまるまでは、これで本当に駄目だとは信じぬ」

「いい根性だ」

スカールが声をあげて笑った。

「俺の部の民ども——いまはもうこれだけに減ってしまったが、こやつらも、お前のその根性を見習わせることにしよう。だが、俺はまんざらでもない気分でな。ここまで、馬どもも部の民どもも、ともかく一緒にきたのだから——たとえ炎のなかで馬もろとも焼死体になりはてる運命でも、それはそれで、死ぬまで一緒であれば俺の申し訳はたつ。いま、ター・リーたちがそういってくれたので、俺の迷いも晴れた。——気の弱り、とおぬしはいってくれたがな、俺は時として、スカールというのはけっこう女々しい男なのかもしれぬ、と思うときもある。逆に、だからこそ、男らしくありたい、漢でありたい、ということに、こだわってやまぬのかもしれぬな」

「なかなか、それは面倒なことだな」

グインは評した。

まるでかれらがおだやかなサロンで世間話に興じてでもいるかのように話しているあいだにも、ごうごうという音はしだいにたかまり、もういまでは、それはいつでもたえず、ひっきりなしにかれらの耳のなかで鳴っているようになっていた。そして、誰かがいつもひっきりなしにごほごほと煙にやられてせきこんでいた。あたりはうだるように暑く——というよりも、巨大なかがり火の前に立っているように熱く、そしてさらにぶきみなことには、地面までが、熱くなりはじめているようだった。ちょっと手でふれてみると、地面そのものが熱をもっているような感じがした。

誰かが水を飲もうと水筒を口にあてるのを、スカールは一瞬とめようとしたが、それから肩をすくめた。

「いまがさいごだ。飲みたいだけ、飲めばいい、か。もし万一助かったとしたらそのときのことはそのとき考えればよい」

「もうこうなると助かるのは雨が降るだけだが、雨がふれば水もたくさんできるわけだ」

グインも笑った。ぱちぱちという音がしだいに近づいてくる。たちのぼる黒煙で、あたりがくゆっている。

「もっと早くお前に会いたかった」

スカールが、グインに、おのれのかたわらにかけるよう手まねいて、云った。そして、おのれの水筒を差し出した。

グインはうけとってひと口飲んだ。そしてスカールにかえした。スカールもひと口飲んだ。

「そういったのは、べつだん、戦うためだけではない。——こうしてしばしのあいだ一緒にいただけで、俺は、これほど気の合う相手は生まれてはじめてだ、という気がする。

さきほど、無礼千万にもこの俺をひっからげて担ぎ上げたことまで含めて、お前は、俺でもたぶんそうするだろう、というとおりに行動する、驚くほどな。――このように感じる相手というのは、俺は、生涯に二人目だ、実は」

「ほう」

「もう一人が、誰だか、知りたいか。グイン」

「ああ」

「ヴァラキアのカメロン、ヴァラキアの海軍提督」

「ああ。知っている。いまは、ゴーラの宰相カメロンだな」

「馬鹿げたことだ」

スカールはイヤな顔をして、ぺっと唾を地面にはいた。だが、それが、じゅっと音をたてるのをみてぎょっとしたように地面にふれてみた。

「地面が焼けている」

ちょっとなさけなさそうにつぶやく。

「このままゆけばまもなく、地面をふむことも熱がって踊り廻るようになりそうだな。もうちょっと、せめて楽に死にたいものだが。――それはともかく、それがあの快男児のただひとつの欠点であると俺はずっと思っていた。あのイシュトヴァーンなどにたぶらかされたことが、だな。あれはやはり、あの悪魔が、少年のころにたらしこんだ、といううわさが真実なのだろうか？　にしても、そんな色恋沙汰などで信義をくつがえすような男にも思われぬし、イシュトヴァーンという男の真実が見抜けぬほどの阿呆だとも思わぬが。――いまならもう、いってもいいだろう。おぬしは、イシュトヴァーンを殺すつもりはあったのか」

「あのときは何も考えてなかった」

グインは白状した。

「まあ、たぶん――偶然、ということはないのだろう。本気で殺すつもりだったら、首をはねていただろうからな。だが、皆がかいかぶってくれるが、それほど、ややこしいことをあらかじめ考えているわけではないのだ。ただ、気が付くと、あとで考えてみるとなるほどこのようなことを無意識に、とっさの判断で考えていたらしい、ということはわかる。あの場でイシュトヴァーンの首をはねてしまっていたら、生還する望みを失ったゴーラ軍が総がかりになってきて、かれらは決してひくことはなく、われわれは皆殺しになっていただろう。といって、おぬしがイシュトヴァーンをやったら、ますますそうだろうし――怪我をした、といってもひくか、ひかないかは微妙なところだった。そのようなことは、とっさに計算出来るほど、俺は策士ではないぞ」

「いや、策士だと思うな」

スカールは破顔した。

「とてつもない策士だと思うぞ。それにまた、それを計算して、そのとおりにあれだけの剣士をうちとれる、というのもとてつもない剣技だ。あのときの直後にもいったがな。――だからこそ、やってみたい。それほどの剣士と立ち合ってみたい。だがそれも、ここから生還しての話だな」

「そのことだが――」

グインはイヤな顔をした。

「この山火事について、どうも俺は実は、多少疑っていることがあるのだが――」

「疑っていること、だと」

「ああ」

グインは一瞬考えた。

それから、いきなり、身をおこすと、大声でよばわった。

「出てこい。どうせどこかにひそんでわれらの様子を見ているのだろう。それが、きさまのつけめなのだろう。そうではないのか？　そのくらいのことは、わかっているぞ。グラチウス」

「グ、グ、グラチウス、だと」

はっとなって、スカールが叫んだ。グインはそれをかるく手で制した。

「きゃつはどうあれ、近くからわれわれを看視しているのだ。そうしていないわけがない——あそこであのように消えたからといって、われわれのことをあやつがそう簡単にあきらめるとは思えぬ。——それに、俺はさっきからずっと思っていたのだが、火のまわりが早すぎる。それに、風向きも——黒魔道師なら、風向きくらいかえられるのではないかと俺は思うし、もっと悪ければ——あちらの山々が燃えているといったところで、このとなりの山まで燃え広がってくるには、もっと時間もかかれば、あいだに火のひろがる障害物となる岩場や小川だってあるはずだ。だが、もしも誰かが、あちらの山々で山火事があるのに乗じて、われわれのいたあの山のふもとに火をはなてば……」

「何だと。それでは、きゃつが」

「とは、限らぬかもしれぬが、どうもうろんに思われてならぬ。俺は——記憶を失ってからのちは、きゃつとはそれほどたびたび出会っているわけではないはずだが、おそらく、記憶を失う以前から、あやつとはいろいろな引っかかりがあったのに違いない。なんだか、きゃつをみていると、とてもよく知っている人間だし、実にいろいろな事情やゆきがかりがあったに違いない、という気持がしてならぬのだ、太子。——そして、とにかく『絶対に彼奴だけは信じてはならぬ』という気がして、しかたがない。この山火事だって——もしここで本当に火がひろがってきてもう逃げ場がなくなったとしたら、きっときゃつがあらわれて——」

「これが、きゃつの——あの魔道師のじじいのワナだというのか」

スカールは目をけわしくして怒鳴った。

「俺をこのようなゾンビーの、生ける屍のようなからだにして、それをあやしげな薬であやつっただけではまだ足りず、お前もろとも、このような窮地へまで追い込もうとしたというのか。いったい、それは——」

「濡れぎぬだよ。言いがかりだよ」

いきなり空中から声がした。グインはトパーズ色の目を怒らせて空中をにらみすえた。

「そら見ろ」

「ひどいことを。おお、ひどい熱さだ」

「これが、きさまのしたことでなければ、俺はその火の中にまっさかさまに身を投げてやったっていい。さあ、出てこい、グラチウス。そして、『火から無事に逃がしてほしければ、わしのいうなりになれ』とでもほざいてみろ。それですでにきさまの正体が知れるというものだぞ」

「これはまた、ご無体なことを、豹頭王陛下」

ぶつくさいいながら、突然、青い、青い空がふたつに割れた。

そこからのぞいたのは、巨大な顔であった——それほど、天にかかっていて楽しい顔というわけでもなかった。すでにお馴染みの、〈闇の司祭〉グラチウスの皺深い顔だったからである。

「ウワッ」

スカールがつぶやいた。

「やはり、こいつ、化物だ」

だが、その趣向をこらした登場のしかたが驚かすことができたのは、スカールと騎馬の民と、そして馬たちだけであった。グインはびくりともせずに、空をあおいで、そこにひろがっているグラチウスの顔をにらみつけた。

「さあ、吐け。この山火事に乗じて俺たちをここに追い込もうとたくらんだのも、お前だろう。これまでのもろもろの場合と同じくだ。どうだ？」

第四話　天変

1

「またまた、ご無体な」

情けなさそうに天から見下ろしながら巨大な顔のグラチウスが云った。だが、その巨大な顔にはどことなく、奇妙に嘲笑ってでもいるような、皮肉そうな、満足そうな笑みがひそんでいるように感じられた。

「何を証拠に。おぬしは記憶をすべて失っておるんじゃろ。だというのに、なぜそうわしに冷たくあたる？　そうわしのことばかりあしざまにいう？　もしかして、おぬしは記憶など、まったく失ってないか、あるいはもうとっくに取り戻しておるんじゃないのか？」

「記憶を失っていようと、そうでなかろうと、お前のたくらみくらい見破るのはわけはない」

グインは天にむかってけわしく言い返した。

「云って見ろ。この火事は――少なくとも俺たちのいたこの山に風向きをかえて、この山頂にまで我々一行を追いつめるよう仕組んだのは、まさしくお前のしわざだろう。そうでないとは云わせないぞ、グラチウス」

「だから、何を根拠にそのような」

グラチウスはなおもあらがった。グインは天をにらんだ。

「証拠は、きさまがこうしてあらわれてきたことそのものだ。俺たちがもしもまだずっと気付かずにいたら、さらにまわりに炎が迫ってどうにもならぬ、いよいよもうこのまま焼死するしかない、という瀬戸際になってから、あらわれて、『助けてやるからおのれのいうことをきけ』とはじめるつもりではなかったとでもいうのか」

「そんなこと、わしゃ思ったこともない……こともないが」

しゃあしゃあとしてグラチウスは答えた。

「だが、このとおり、あたりが火に包まれ、あんたらは全員逃げ場を失ってしまったのは事実だと思うよ。それで、どうしようというんだね？　そうやってわしを呼び出したっていうことは、もうお手上げだと認めて、わしの助けを借りることに合意した、ということだと思っていいのかね？」

「ふざけるな」

グインは腹立たしげに唸った。

「たとえスカールどのがどうあれ、俺は決してきさまのおどしなどに屈したり、このような陋劣《ろうれつ》な方法できさまの言いなりになったりなどはせん。こうしてこの山に火を放って俺たちを追いつめようとしたと、認めるのだな？」

「だから、そんなことは知らん、といっているだろうが」

また、グラチウスは答えた。

「だがそんなことより、いまあんたらがこうしてここに追いつめられてしまったことのほうが、当面の重大な問題なのじゃあないのか？　あんたらは、このままでいれば焼け死んでしまう、可愛がっている馬どももろとも、草原の民もろともな。だが、そう、わしが火をあおったかどうかなんてことはともかくとして、わしにだけは、おぬしらを魔道でこの炎のまっただなかから移動させて、無事に安全なところへ逃がしてやることが出来るのだよ。そうしたくはないのか？　助かりたくはないのか？　こんなところで焼けぼっくいになんかなりたかあないだろう？　だったら、誰がどうしたなんていうことは、どうでもいいんじゃあないのか」

グラチウスは、ヒョヒョヒョヒョヒョ、と妙な笑い声をたてた。

「そら、もうそこまでパチパチいう音が迫ってきて——だいぶん、空気があやしいにおいになってきた。もうじきこの岩場のむこう側まで火の手が迫ってくる。どうするね？

もうこんなところに追いつめられているのは真っ平だ、と思っているのじゃないのか？　ことに太子どのはだいぶん、お疲れで弱っておられるようだ」

「……」

スカールは腹立たしそうにグラチウスをにらんだ。

「貴様の助けなど借りぬ」

グインはきっぱりと云った。

「たとえここで焼死することになろうとも、貴様の助けを借りてここから脱出し、そのためにきさまのいいなりになるような危険は断じておかせぬ。そのようなことをしたら、いったいどういう目にあうか――きさまの手先に使われて、中原になにかとてつもない支障をおこしてしまうか、おのれの国の裏切り者となってしまうか――そのような危険をおかすわけにはゆかぬ」

「といったって、このままじゃ、死ぬよ、それも間違いなく」

グラチウスはじれったそうに云った。

「あたら天下の英雄二人がこのようなところで、そんな、誰にも知られずに焼け死んでしまうなんていう、頓狂にして無残な死に様をさらしたいのか？　あんたらは敵をだったらどんな難敵、大敵をでも切り抜けてゆくだろう――二人そろえばな。現にあのゴーラ軍をだってああしてみごとに退かせてしまったわけだし……だが、これは天災だよ。

火事だよ。いかな英雄豪傑といえども、立ち向かいようもない……」

「ゴーラ軍相手に我々がどのようにふるまったのかも、ずっと見ていた、というわけだな」

グインが冷ややかに云った。

その間にも、しだいに近づいてくる火のパチパチとはぜる音、そしてきなくさいにおいは強くなりつづけていた。とうとう、煙がこちらに流れはじめてきている。スカールがしきりとマントの端で口をおさえて、咳き込むのをこらえているようなのが、グインの目の隅にちらと見える。騎馬の民は息を殺してこのなりゆきを見守っている。馬たちも、本来もっとも火をおそれるけだものである。恐怖にかられて、逃げようと恐慌をおこし、自ら火のなかに飛びこんでゆきかねないところだが、さすがは訓練のゆきとどいた知能の高い草原の馬たちで、まだ懸命に恐怖感をこらえてそこに、あるじたちの命令を待ってたたずみ、よりそいあっている。だが、そのようすはかなり動揺が見られた。

「そりゃ、わしはいつでもつねにあたたかーく、あんたたちを見守っているといったじゃないかね。スカール太子の病気のことも心配だし、あんたの身の上も案じられるし」

「案じてもらう理由はないぞ。〈闇の司祭〉」

グインは激しく言い返した。

「お前などに案じてもらうよう、頼んだ覚えはない。俺にもう二度とつきまとうな、といったはずだ」

「だが、こうして、それにもめげずにわしがあんたたちをあたたかく見守っていたおかげで、あんたたちはこの恐るべき災厄にも死なずにすむ」

グラチウスは、巨大な顔でいるのに飽きたかのように、ひょいと小さくなり、首から下が空中にあらわれ、いつもの老人のすがたになって、かれらの前に舞い降りてきた。

馬たちが驚いたように高くいなないた。

「なあ、強情をはるのはやめなさい。こんな大火事をあいてに、いったい、どんな強情我慢が通じるというのじゃね？　炎はそんなもの、受け付けてくれやしないよ。あっという間だよ、あっという間！　ちりちり、といったかと思うともう、燃え尽きてしまうよ！　それで、いいのか？」

「…………」

グインは、相手にしておられぬ、というようすを見せて、また岩の上に腰をおろそうとした。だが、はっとなって手をひっこめ、また立ち上がった。岩は、それ自体、地面の下からごうごうと火をもやしてあたためているかまどだ、とでもいうかのように、ぶきみにも熱くなっていた。

馬たちが、しきりと足を持ち上げては、かわるがわるにどれかの足を宙にあげておこうとしはじめていた。煙が流れてくる。いまではそれは一筋や二筋ではなくなっている。

「さあ、何もそんな、報酬は要求しないから、強情をはらずにわしの援助を受け入れることだ。いま、この窮地、さいごの窮地からあんたらを助け出せるのはわしだけだよ。このグラチウスだけ」

グラチウスはねっとりと繰り返した。

「何もいますぐどうこうなんて、そんな、この場で、助かりたければわしのいうなりになると誓えなんてこたあ云わない。そんなにヤボじゃないよ——わしはただ、あたら英雄豪傑をこんな無残な死に方をさせてはならぬ、と思ってるだけなんだからな。さあ、これから、わしがちょっとした魔道で、敷物を作ってあげるから、あんたらはそれに乗って、そして——」

「馬どももか」

スカールがうろんそうに聞いた。グラチウスはちょっと陰険そうににやりと笑った。

「馬をのせる余地はさすがにわしの魔法の絨毯にはないねえ。まあなんとか、人間どもを何回かにわけて運んで精一杯、というところになってしまうが、それはそれで許してほしいと思うよ。馬を助けるためにわしが力つきてしまっては、あんたらもろとも共倒れになってしまう」

「ならば、簡単なことだな」

スカールはあっさりと云った。

「俺は、お前に助けてもらうわけにはゆかん。馬どもは俺にとっても騎馬の民にとっても、大切な仲間、獣だの、たかが馬だの、というようなものではないのだ。部の民をおいて俺だけが助かるわけにはゆかぬように、馬どもをおいて人間だけが助かろうなどというわけにはゆかぬ。俺は、ここできゃつらと死ぬ」

「俺もその考えには賛成だな」

グインが云った。グラチウスはひどくじれったそうに足踏みをした。

「何をいってる。もう、そんな場合じゃないんだよ！　もう、ほら、火がそこまできている！　もう、この、高いところからみると、この山のいただきのすぐ下のあたりまで、木々が燃え移ってしまっているのがまるみえだよ！　あんたらを一人づつ、宙に吊り上げてその光景を見せてやろうか？」

「べつだん、見せてもらう必要はない。我々にはよくわかっている――おのれがどのような状態にあるかはな」

「いいや、わかっちゃいないね」

グラチウスは断言した。

「しかも、まだ事態を甘くみている、そうだろう？　まだ、大したことはない、なんとか助かるだろうと信じているんだ。何の根拠もなくさ。だから、わしのこの親切な申し出を下心があるだろうだの、何かたくらんでいるだろうのって、疑心暗鬼になってなかなか受け付けないんだ、そうだろう？　だが、もうまもなく、そんなこともいっていられなくなるよ！　もっともっと、地面が熱くなってきて、もっともっと、空気は煙でみちみちて息も出来なくなる。それでもまだ、そんなことを云っていられるかね！　口では、仲間たちとともに死ぬとかいっていても、じっさいに火が迫ってくれば、泣きわめきながら助けてくれとあたりをかけまわったり、仲間のからだの上や馬の上によじのぼってでも熱さを避けようとするんじゃないのかい？　べつだん、それを恥に思うことはない——それが人間だ、人間というのは、所詮、そんなもんだ！」

「お前の知っている人間というのはそんなものだろうさ」

鋭くグインは言い返した。そして、かなり空気がグラチウスのいうとおり、吸い込むと危険なほどに煙りくさくなってきていたので、マントのすそをとって口にあてた。

「だがそういう人間ばかりではないのだ。生憎なことにな。ごくまれにだが、信義やおのれの信条のほうを、命よりも重大だと思うものもいる」

「口だけだよ。ことばだけだよ！」

グラチウスはひょいと空中に浮かび上がって叫び立てた。その手にまがりくねった杖があらわれた。

「さあ、ここから見るともうあたり一面、この山も隣の山も、そのまた向こうの山も猛火の中だよ。このあたりはこれから長いこと、死に絶えた滅びの山と呼ばれることになるのだろうな。もっとも、このあたりは、ユラニアからもモンゴールからも一番遠い。わざわざ被害の度合いを確かめにくるには、いまはどちらの国もそんなおさまった状態じゃあないから、たぶん、何の視察も入らないまま、このあたりはひっそりと、むざんな焼けこげたすがたをさらして――それから、もっと長い長い時間がたってようやく緑の森や草原が復活する、ということになるんだろうが、それまでは本当に、うらみをのんだ亡霊たちがさまよい歩くあらたな廃墟になってしまうんだろうな」

「鳥獣や虫どもは生憎と人間よりは賢くて、そのように運命に対してうらみをのんだりすることもなく、ただ生まれ、生きて死んでゆくだけだ――そのことを既にして受け入れる知恵を持っているはずだと俺は思っているぞ。グラチウス」

グインは熱い地面を踏みしめてすっくと立ち上がった。

「もう、そのような余計なことを云わず、とっとと立ち去るがいい。我々はお前を必要としておらぬ。お前の助けも、お前のたくらみもだ。もしここで焼け死ぬのが天命だというのならばやむを得ぬ、それに従うまでだ。だから、我々をここに運命とともに残して立ち去るがいい。お前にはかかわりのないことだろう――お前がいうとおり、本当に何のたくらみもないのだとしたらな」

「……」

一瞬、グラチウスはどうしたものかと考えこむように、空中に漂いながらグインをにらみつけた。

それから、ひょいと降りてきて、グインの真ん前に立った――もっとも、熱さを避けてだろう、地面よりは一タールくらい、上のほうに浮かんでいた。

「話のわからぬわからずやの豹あたまだ」

グラチウスは恐しく苛立たしげに云った。

ふいにそのしわぶかい顔のなかで、二つの目が、妖しい光を放ち始めた。ふいに、ただいつも剽軽な口のへらぬ老人に見えていたグラチウスの顔に、奇妙なぞっとするような何か暗黒なものがあらわれた。その目がまっこうからグインを見すえた。

「もう、時を無駄にしているいとまはない。豹頭王よ」

〈闇の司祭〉の声が、ふいに、いんいんとあたりにひびきわたるように思われた。

「あくまでもそなたがそうして言い張るのならば、取引、というかたちで提示するほかはない。お前はここで死ぬことは許されてないはずだ――お前には、まだ、なしとげてないことがたくさんある。国表にはいとしい妻がお前の帰りを待っている。誰よりも敬愛する皇帝もまた、愛する義理の息子の帰国を首を長くして待っている。お前の命令に誰よりも忠誠に従った《竜の歯部隊》のものたちはいまだに、命令どおりパロの都クリスタルでお前の帰りを待ち受け続けている。《ルアーの忍耐》というお前のその命令どおりにな。――そして、お前を案ずる、お前の右腕トール将軍と、ゼノン将軍を指揮官とするケイロニアの救出軍は、すでにまもなくこの炎の山域に到達せんとしている。むろん、あらかじめ、あの木っ端魔道師宰相の斥候が山火事の様子を調べているから、知らずして炎に飛び込むような危険を冒すことはないだろうが、しかしそれだって——ひとたび風向きがかわれば、お前たちと同じように、炎のなかに孤立してしまうのはたやすいことだよ。ひとたび燃えついたこれだけ巨大なかがり火は、容易なことでは消えぬ」

「……」

本性をあらわしたな——

その思いもあらわに、グインはグラチウスをにらみつけた。

グラチウスは妖しく笑った。

「いまはまだ、そこまでは云わぬよ。もう、ユラ山系は大きな損害をこうむった。この上、さらに炎がひろがればもう、この先何年にもわたってユラ山系は草木も生えぬ死の山脈となってしまうだろう。そうすれば、その大きな変化は必ずや中原にも気候変化や、それにともなうさまざまな情勢の変化をもたらす筈だ。だがそれはまだずっと先の話——いまここで山火事が食い止まるなら、まだしも生態系は破壊されることも少なくてすむだろう。もう充分すぎるほどに破壊されたけれどもな、いくつもの山々で。だが、それよりも」

「…………」

「もう、時間がない。さあ、どうする？　強情をはるのをやめ、われとともにこの炎から逃れて命からがらユラニアの忘れられた山間部の古い都市へ逃げ延びるか？　なんならそこでわれがケイロニアの救援部隊とおぬしを引き合わせてやってもよい。かれらはそれこそ必死になっておのれの敬愛する豹頭王を救おうとしているのだからな。どのような犠牲でも払うし、どのような情報にも飛びつくだろう。それにかれらはわしをこの上もなく信頼してくれている」

グラチウスの顔がにやりとまた崩れた。グインは背筋に粟を生じさせながら、それをさらににらみつけた。

「待て、グラチウス。きさまは、まさか」

「豹頭王が炎の山のなかにあり、と教えてやれば――忠実なかれらのことだ。きっとあわてふためいて、せっかくよけて通っていた山火事地帯のほうへ、方向転換して突進してくるだろうねえ。そうすれば……ほんのちょっと火勢や風向きがかわりさえしたら、もうかれらとても炎のえじきはまぬかれないかもしれないよ……なんといったって、これだけの大火だからなあ」

「きさま」

グインは怒鳴った。

「とことん卑劣な。俺のその部下とやらの命までも人質にして、俺を思い通りにしてのけてやろうというのか」

「思い通りに、といっているわけじゃあない」

グラチウスの顔がまた剽軽そうな、人のよさそうな笑みをたたえた。だがその目はもう少しも笑っていなかった。

「ただ、こういってくれさえすればよい。──『グラチウス、恩に着るぞ』と、ただそれだけでいい。『いずれ、この恩は返す』とそういってくれればいい。……べつだん、わしのものになるだの、わしのいうことをきくだのと云ってくれる必要はない。第一、わしはいま、そんな中原征服だの、そんな野望なんか持っておらんよ。わしが知りたいのはただ、あの古代機械についての真相と──それにもましておぬしがすべての記憶を取り戻し、せっかく長いあいだすべての魔道師たちが待っていたあのさいごの《会》──北の豹と南の鷹との《会》を、正しいすがたにあらしめたい、ということだけなのだよ」

「……………」

「さあ、炎が──おお、炎が見えてきた」

グラチウスのいうとおりであった。

グラチウスは宙になおも高々と舞い上がっていたから、いち早くそれを指摘することはっきりと見えてしまっていた。

火がやってくる。

それは、長いあいだ、煙ときなくさい臭い、と、そして遠い火事の物音で不吉な前奏をかなで続けていた大火の、真の本体がぶきみな恐しい、そしてすさまじいすがたをかれらの前にあらわした最初の瞬間であった。ごうごうと燃え上がるオレンジ色と赤と黄金色の炎――空気はその燃える炎からたちのぼる熱気でゆらゆらとかげろうにつつまれたように揺れていた。あたり一面が、巨大な火の神殿とでも化してしまったかのようであった。燃え上がり、身をよじり、ついに燃え尽きて炎の中に崩れ落ちてゆく生木のすがたが、はっきりと見える――空中におびただしい燃えかすが舞い上がり、空に奇妙な模様を描き出しているようだ。

ごほごほと騎馬の民の誰かがせきこんだ。たちまちそれはほかのものたちにも伝播した。それでもかれらは気丈に、スカールの周囲に集まり、これが一期かと恐慌に陥ることを耐えていた。だが、馬たちはさすがにそこまでもたなかった。

「危ない」

スカールが鋭く叫んだ。

「誰か、馬どもをひきとめろ。馬どもが暴走しそうだ」

「ハイッ！」

あわてて騎馬の民たちが馬に駈け寄ってゆく。そしておのれの馬だけでなく、何頭もの馬の手綱をつかみ、鼻面をたたき、首をなでて落ち着かせようとしたが、何頭かの馬はすでに恐慌に陥っていた。たかだかと恐怖にみちていななき、前足をあげ、後ろ足で立ち上がって空中を蹴る。と思うと、いきなり、ついに恐怖と熱さとにたまりかねたように一頭の馬が走りだした。そのまま狂ったように、山頂にむかってかけのぼってゆく。だが、山頂といったところで、そのむこうには、ふたたび炎が待っているだけのことだ。そのままゆけば、いずれはただまっしぐらに炎のなかに突っ込んでしまうだろう。

「いかん。止めろ」

「はい！」

むしろ、やることが出来たことで、ただじっと座ってなすすべもなく迫ってくるおそるべき死を待っているよりも、かれらにとっては救われた心境だったのかもしれぬ。騎馬の民たちは必死に馬を引き留めにかかった。だが馬の数のほうがかなり多かったので、そのまま、騎馬の民の手から逃れて、まっしぐらに走っていってしまう馬も何頭もいた。

「さあ、もう一刻の猶予もならぬ」

グラチウスが声をはげまして叫んだ。

「もう、体裁をつくろったりしている場合ではないぞ。とにかく、この場から逃げ延びるのだ。こんなところで死んでなんとする。——しかも焼死など、天下の英雄二人に、洒落にも何にもならぬぞ。……さあ、手を。せめてこの杖にすがってお前たち二人だけでも生きのびるのだ。でないと、この世界の行方が変わってしまうかもしれないのだぞ。お前たちには使命がある。——たぶん、その使命が明らかになったとき、グイン、お前の記憶も戻るのではないか——それとも、記憶が戻ったとき、すべてが……何かがはじまるのではないかとわしは期待しているのだ。さあ、いますぐ——安全なところへ！わしでなくてはもう、お前たちを助けることは出来ぬぞ」

グラチウスは杖を差し出しながらグインの前に降りてきた。そして、じれったそうにその杖を振った。

「もう、お前たちには選択の余地はないのだぞ」

グラチウスは叫んだ。もう、ごうごうという音はいよいよ高くなり、煙はあたりをおおいつくし、息をするのも困難になりはじめていた。熱気がうずまき、目もくらむ熱さが地面からもたちのぼりはじめていた。

「何をぐずぐずしている。死ぬぞ。——もうじき、地面が燃え出すぞ。ここをはなれるのにだってそれなりの時間がいる——もう、いますぐに逃げたところで全員は助けられぬ。お前たちの逡巡が、もっと助けられるはずのものたちを見殺しにするのだぞ。さあ

「どうする。グイン」

スカールが低く云った。グインは振り返ろうともしなかった。

「騎馬の民を助けたいなら、グラチウスのいうなりになるがいい」

グインは鋭く云った。

「俺にはわからぬ。だが、俺は、おのれの直感のままに動かねばならぬ。俺はきゃつのいうことばには死んでも従わぬ。だが、お前にもそれを強制はせぬ。お前には長としての義務がある。部の民を助けてやりたければ、それは止めぬ」

「わかった」

スカールは短く云った。そして、どかりと大地に——もうそれは相当に熱していて、まるでかまどのやけた石のようになりはじめていたが——座り込んだ。

「好きにするがいい。これが正真正銘の黒太子の最期だ」

「馬鹿」

グラチウスが叫んだ。

「マントに火がつくぞ。どうしようというのだ。この上強情をはってどうしようというのだ」

「強情ではない、グラチウス」

！」

グインのトパーズ色の目がまっすぐにグラチウスを射た。

「俺は、何があろうとお前を信じるな、お前に借りを作るな、というおのれの直感に従って行動するだけ――スカール太子は、男としての信義に従うだけ。それだけのことだ。お前にはわからぬ。黒魔道師」

「炎が来るぞ」

いまや泣かんばかりにグラチウスが叫んだ。

「焼けてしまうぞ。燃えてしまうぞ」

グインはスカールのかたわらに腰をおろした。

スカールがグインを見てにやりと笑った。

「まあ、これも仕方ないだろう」

スカールは不敵に笑いながら云った。そして思わずせきこんだ。

「おお、すごいな。あたりが火の輪に包まれたようになってきた。滅多に見られるものではないぞ」

「ああ、そうだな」

グインは肩をすくめた。いまや、ごうごうと燃える炎が、かれらのいるわずかばかりの岩場の周辺にまで、ついに這い寄ろうとしていた。

2

「陛下——」

そっと、ドアをノックして、返事を待たずに入ってゆきながら、マルコは声をかけた。

中からは返事はなかった。

「お加減は、いかがでございますか？」

マルコは入っていってドアをしめ、そして、いつのまにかだいぶん室内が暗くなってきたことに気付いたので、室の入口で待機していた当番の小姓に、あかりを持ってくるように言いつけた。曇っている日だからか、石造りの建物であるせいか、まだ日没には半ザン近くあるはずだが、室内は妙にひんやりとして暗い感じがする。これでは、病人にさわるのではないか、と案じられた。

ろうそくの灯りが運んでこられると、室のなかがあたたかな光に照らし出される。イシュトヴァーンは、じっと、寝台の上で、毛布と布団にくるまったまま横になっていた。

「おやすみでございましたか——？」

邪魔しては、とマルコが身をかえそうとすると、はじめて低いいらえがかえってきた。

「起きてるよ」

「お具合は――お痛みにはなりませんですか？」

「ああ。だいぶいい」

その声はまだいくぶん弱々しい。

だが、あかりが照らし出したイシュトヴァーンの顔は、先日のあの、頬も眼窩も落ち窪んで、いまにも絶え入ってしまいそうにみえた夜に比べればずっと元気そうに見えた。さすがに若いかれのきたえたからだは、驚くほどの勢いで回復に向かっているのだろう。もう、事実、いったん意識を取り戻すと、最初に肉汁を口にし、それから何回か肉汁を飲んだあとは、「普通の飯をくれ。こんなんじゃ力が出ねえや」と言い出して、やむなくやわらかめにたいたガティのかゆや、肉汁のなかに固いパンを浸してやわらかくしたものなどを持ってくるとむさぼるように食べていた。まだ傷は相当痛んでいるはずであるのに、それはあたかも、マルコには、動物がなんとかして失われかけていた力を取り戻そうと狂おしく栄養をむさぼり取り入れているようなさまに見えた。内臓そのものは傷ついていないので、いったん回復に向かえば順調だろう、というのが、自分の手柄のような顔をしたウー大佐のことばだったのだが。

「それはよろしゅうございました。お食事のほうも、お怪我にはさわりませんでしたようで」

「ああ、大丈夫だ」

イシュトヴァーンは、ちょっと身をおこしてみようとした。それからさすがに唸ってそれをあきらめた。

「くそ、まだ痛えな」

文句をいってそっと寝台にひっくりかえる。それを介添えしながらマルコははらはらして云った。

「まだ、御無理をなさってはなりませんよ。なんといっても、まだお怪我をなさってからいくらもたっていないのでございますから」

「——ち」

イシュトヴァーンはうめきながら身をまたよこたえると、苦しそうに大きく唸った。

「お怪我が……」

「怪我もともかくな、なんか手足がだるくてかなわねえんだ。すまねえが、マルコ、ちょっと足をさすってくれねえか」

「かしこまりました」

そのようなことは小姓にさせればいいようなものだが、怪我をしたり、からだが弱っているときこそ、イシュトヴァーンはあまり懇意でもない小姓などにおのれに近づかせるのをいやがる。マルコはそれを察して、うなづいて丸椅子をひきよせ、寝台のかたわらに、「失礼いたします」といって座り込むと、毛布をはねのけて、イシュトヴァーンの痩せた足をさすりはじめた。それはかなり冷えていた。

「動かさないでじっと寝てるからだるいんだな」

イシュトヴァーンはひとりごとのようにいう。その顔は、無精髭をあたるほどはまだ回復していないので髭が伸び放題で、もともとそれほど髭の濃いたちではないといってもかなりのびてしまっていたが、目の光りや肌の色艶などはずっと元気そうになっていた。

「あの野郎」

低くイシュトヴァーンはつぶやいた。マルコは顔をあげた。

「は――?」

「あの野郎、といったんだ。――グインの畜生め」

「は、はあ……」

「ひでえ目にあわせやがって。まったく、友達も昔なじみも何もあったもんじゃねえ。が……」

イシュトヴァーンはくすくすと笑い出そうとして、痛そうにあわてて脇腹をおさえた。そこには分厚く包帯がまかれているのだ。

「いててて……くそ、笑うと思いっきりひびきやがるな」

「ご無理をなさっては……また傷口にさわりがありましては、せっかく回復に向かっておりますのに」

「わかってるさ。うだうだ云うな」

イシュトヴァーンはもどかしそうに云った。

「くそ、あと何日くらいここで寝てれば、なんとか起きられるようになるかな。――畜生、マルコ、俺はもう決めたぞ」

「な――何をでございますか」

「ハラスをエサにモンゴール反乱軍と、和平条約を結ぶ」

「ええッ」

仰天してマルコは顔をあげた。それから、それはだが、かなり助かることだ、と気付いて、目をぱちくりさせた。

「それはまた……」

「もう、モンゴールなんかにかまけてる暇はねえ。そのことがいやというほどよくわかった。俺にとって、本当の敵が誰なのかってこともな。――それは、グインだ。グインの野郎以外にいねえ」

「は、はあ………」

「といったところで――不思議だな。マルコ」

イシュトヴァーンはおのれを嘲笑うように苦笑した――腹の傷にひびかぬよう、口だけをゆがめて。

「おかしなこったが、俺はいまだに――こんな目にあわされてさ、死ぬか生きるかって目にあわされたのに、いまだにグインの畜生を、そうそう恨む気にはならねえのさ。おかしなこったな。他の誰でも、たぶん俺はそいつを一生かけて叩きつぶしてやろうってほど、憎んでるだろうと思うんだがな」

「はあ……」

「おかしなもんだな。俺は――なんだか、あいつとは――縁があるっていうのか、相性がいい――いや、悪いのかな、何か特別な何かがあるっていうのか……」

「……」

「きゃつがやったと思うと……野郎、やりやがったな、って感じはするんだが、むしろ――妙に、嬉しい気持がする、なんていったら、お前にびっくりされちまうか、変に思われちまうだろうってことはわかってんだけどな。――俺はきのうっから、ちょっとだけ手が自由に動かせるようになってから、ずっと、何回もこの脇腹の傷に手をあてて考えてたんだよ」

イシュトヴァーンはそっと、毛布のなかで手を分厚く包帯をまかれたおのれの脇腹にあてた。

「おかしな話だな。――きゃつが、俺を、殺そうと思ってか、そうでなくかわからねえが――とにかくここまでやりやがった、ってことが――逆に、やっときゃつのいつもいつも隠し続けてきた本音を引きずり出せたみたいな感じがして――嬉しいんだよ。俺って、変かな」

「いや、その……私にはなんとも……」

「なんか――この傷が、きゃつと俺の最大のきずな、みたいな気がするんだ」

イシュトヴァーンはつぶやくようにいった。かたわらに小姓がいることなど、気にもとめていなかった。

「きゃつにもいつか同じだけの傷をおわせてやる――そしてやつを仕留めてやる。俺の腕で、仕留められるかどうかわからねえけどな。そのためにも、早く元気になって――早く、モンゴールとの話にけりをつけて、とっととイシュタールに帰って……そして、ものごとを早くもとどおりに動くように……俺も、俺の軍隊もな。でもって……」

イシュトヴァーンはちょっとことばをきった。

「お疲れになったのでは？　あまり、続けてお話にならないほうが」

「大丈夫だよ。もう、いますぐ旅に出たって大丈夫なくらいだ」

「と、とんでもない！」

「変な話かもしれないが——はじめて、きゃつにまともに扱ってもらった、みたいな気がしてるんだ。餓鬼扱いされずに、まともに相手にしてもらえた——でも俺のほうは当然まったく力及ばず、鎧袖一触《がいしゅういっしょく》でぶっ飛ばされて怪我しちまった、みたいな。——なんだかいつもいつもきゃつにそらされて、かわされて、もどかしい思いをしてたのが、ようやく、まともに向き合って、まともに戦ってもらえて——やっぱりかなわず、傷をおわされたが、そこでくたばってしまわずにすんだからには、もうこのままじゃあすまさねえ……そんな気がする」

「はあ……」

「モンゴールなんかもう本当にどうだってかまわねえ。マルス伯爵も条件つきで釈放してやる。ドリアンの餓鬼をモンゴール大公に、という条件も——カメロンがしきりといってる話もいよいよ正式におひろめしてやる。俺がいうことをきかねえといってカメロンはずっと困ってたんだから、文句はねえだろう。俺はもう、モンゴールなんかどうでもよくなった。というより一刻も早く——イシュタールに帰って、もっと国力をつけて——俺自身ももっと力をつけて、剣士としても、戦士としても、武将としてもな。そして、ゴーラ軍を鍛えに鍛えあげたいんだ」

「はあ……それはもう……」

「そしていつか——俺は、ケイロニアを制してやる」

「は——はあッ？」

マルコはむせた。イシュトヴァーンは目だけで、おかしそうにそのマルコを見やった。

「何、たまげてやがるんだよ。俺がそう思ったらおかしいか」

「はあッ、いや、し、し、しかし、ケイロニアといえばげんざいこの中原随一の強国にして大国で——」

「わかってるさ。十二選帝侯に十二騎士団に十二神将の、世界最強の大国だろ？　そんなこたあわかってるさ」

イシュトヴァーンはにっと笑った。思いがけないほど明るい微笑だった。マルコはちょっと虚を突かれてその笑みを見つめた。確かにそういえば、その微妙な違和感は、ちょっと前、イシュトヴァーンが夢からさめて、本格的に意識を取り戻したあたりから、感じていたのだった。

（この人は——何かが、かわった……）

（ふっきれたとでもいうのか……死線をこえたせいなのだろうか？　なんだか——妙に、明るくなったような気がする）

それはまだ、たいしてことばをかわしていなかったときに感じていたので、ただ単に顔のようすの印象にすぎなかったのだが、ようやく、まともにことばをかわしてみると、その印象のうらづけとなるものがちゃんとあったのだ、という感じがした。このしばらくのあいだ、マルコは、このようなイシュトヴァーンの顔を見たことはなかった。

いや——だがそれは、やみくもに、明るい、というわけでもなかった。また、まだまだ顔は病人のそれだったし、体調もすっかり復調したというのには程遠い。朗らか、というわけでもないし、そもそも、こんな傷をうけて、浮き立った気分でいられようわけもない。

決して、そんなに何が明るくなった、というわけではなかったのだが、それでいて、マルコには——この数年、ずっとイシュトヴァーンのもっともそば近くにいてつきそい、そのさまざまな荒れ方や気持の動き、揺れ、苦しみなどをつぶさに見てきたマルコだからこそ、なんだかはっきりとイシュトヴァーンの変化が感じられたのだった。

（明るくなったというより……何かをつかんだ、というのか……何か、確かなものを得たかのような……）

（なんだか、なんともいえぬ危なっかしさを感じさせる人だったが——いまとても朗らかに浮き立って喋っていたかと思うと、つぎの一瞬激昂して剣を引き抜いているような——しかもそうしながら、もっとももろく傷ついているのは当人である、というような、ひどく不安定で、こちらまで落ち着かぬ気持ちになってしまうほど頼りない人だったが……精神的にはだ——）

（いまの陛下は、なんとなく、落ち着いた——というよりも——そうだな、なんといったらいいんだろう……)

「だから、やるんじゃねえか。——こいつぁやりがいのある目標だよ。あの天下の大ケイロニア、誰ひとりとしてそんなことを思ったこともねえ、ケイロニア帝国を制圧してやろう、なんて思うなんてさ。そうだろう」

「そ、それはもう——とてつもない……」

「だが、俺にならできる。俺にならできるさ。俺は——俺はゴーラの帝王イシュトヴァーン陛下なんだからな!」

「はあ……」

「大言壮語してるわけじゃねえ」

イシュトヴァーンはむしろ静かにいった。そういうところも、以前とはなんだか変わった、とマルコに感じさせた。以前だったら、そういう大言壮語や自慢話をすると、かならず、内心では不安にかられたからに違いないが、いっそういたけだかになったり、おしかぶせるような物言いをしたり、相手の同調のしかたが気にくわない、といって怒り出したりしたものだ。

だが、いま、イシュトヴァーンの口調はむしろ静かで、その分、かえってその底にあるうねるような強いものを感じさせた。

「いますぐ出来るなんていわねえさ。何年かかるかだってわからねえ。俺はもう無茶はしねえし——もっと、やらなくちゃならねえことが沢山沢山、いやというほどゴーラの中にあるのもわかってるよ。俺は横になったまま、考えてたんだ。自分がなんて未熟な国王だったんだろうとな。これじゃ——確かに、山賊の王様といわれたって仕方ねえや、グインに」

「はあっ……」

またしても、マルコは仰天した。とうてい、イシュトヴァーンの口から出ることばとも思われない。

「俺ははっきりいって、逃げてたんだよ。イヤなことから、なんもかんもな。——カメロンのことや、アムネリスのことや、ドリアンのことや」

またしてもマルコは虚を突かれた。——アムネリスの死後、イシュトヴァーンが、アムネリスのことをまともに「アムネリス」と呼んだり——まして、ドリアン王子の名前を自分で口にすることさえ、きいたことがない。いつも「あの女」だの「あの餓鬼」だの「悪魔の餓鬼」だのとしか云ってはいなかったのだ。

「アムネリスが怒るのは当然だったかもしれねえな——俺がしたことが、じゃなくて、俺が——ちゃんと、あいつの誤解をとこうとしなかったり……それに、あいつの気持をわかってやろうとしなかったのが一番まずかったんだろうな。だが、息子については——俺にはまだわからない。わからなすぎる……俺には、たぶんそれについちゃまだ受け止める力がない。だから、それは——逆に、ドリアンはモンゴール大公として、モンゴールで育てばいいと俺は思ってる。だが、そのうち、自分にも息子がいたんだ、と思って——それで救われることもあるかもしれねえ。戻ったら、もう一度——心を落ち着けて、ドリアンと対面してみるよ。馬鹿な乳母だの、無理やりいきなり抱かせてお父さまですよなんていう馬鹿女のいねえところでな」

「はあ……そ、それがよろしゅうございますかと……」

「俺は石頭だから、いろんなこと飲み込むのに時間がかかるんだ。まして親子だなんて、そんなとてつもねえ、俺にとっちゃとんでもねえことを、いきなり——目の前につきつけられたって——そんなこともわからねえで、あの馬鹿女どもは——」

イシュトヴァーンの目がきらりと光った。だが、イシュトヴァーンは、それをどうでもいいこと、と払いのけたように手をふった。

「俺は一刻も早くモンゴールを平定し、ドリアンがモンゴール大公としてこちらで育つような一番いいかたちを作って——なんならマルス伯爵にドリアンの後見人として立って貰って、そのかわりにモンゴールがゴーラに忠誠を誓う、という条約をしっかり結んでさ。で——早くゴーラに戻りたい。戻って、早くいまの乱れたり、整備が遅れてるイシュタールをも、ゴーラ軍をも整備し、訓練し、鍛えあげて、ゴーラを一流の、正真正銘の大国に育てあげる——それからだ。それから、俺はケイロニアにたたかいをいどむ」

「へ、陛下……」

「何がへ、陛下だ。俺のいってることは、何かおかしいか」

「いえ——ただ、あまりにもその、ケイロニアと申せば大国すぎて……」

「だから、それに対抗できるだけ、ゴーラもでかく、強くなるのさ。それはゴーラにとってだって素晴しいことだ。ケイロニアを制圧するったって、ケイロニアを征服して俺がケイロニアの王になろうってんじゃねえ。ただ——必ず、そうだ、必ず、俺はグインに認めさせてやる——力づくで、俺がちゃんとしたゴーラの王として成長したんだってことを——俺がかつての俺のままじゃいねえ、いろいろなことがあって、俺もちゃんと、でかくなってんだってことを。ケイロニアに、ちゃんとゴーラを隣国として認めさせ、しかるべき外交の礼をとってつきあおうとする価値のある国として認めさせるまで、ケイロニアにいどんでやる——ありとあらゆる方法でだ。文化でだって、戦争でだって、国力でだって。そのためにも俺はまず、俺のゴーラにちゃんとした、一流の立派な国になって貰わなくちゃならねえんだ」

「はあ……」

「そして堂々と戦いをいどむ——ケイロニアがパロに対するのと同じようにちゃんと礼儀と敬意をもって条約を結びにくるような国になって——しかもケイロニアに脅威と感

じさせてそちらから戦いをやめ、和平を結ぼうと思うように……俺なら出来るさ。俺は王になんか決してなれないだろう、一生ただの盗賊だろうと誰もがいった。だが俺はみごとゴーラの王になった。——これだけのことをしてのけた人間なんざ、そうそういるもんじゃねえ、そうだろう」

「はい、それはもう間違いなく」

「だろう。だから、俺は、やろうと思ったことはやれるんだ。俺は何を迷ってたんだろう——死にかけて、あの亡者どもに暗闇の底に引き込まれそうになってはじめて思ったね。まだ死んでたまるか。俺は何もしてねえ。何も本当にやりたいことをやってねえ——こんなとこで、下らねえ負け犬どもの妄執だの怨念にとりつかれて、闇の底に引きずりこまれてくたばったりしてたまるか、ってな」

「……………」

「そのとき、闇の反対側にグインのやつがいやがって——きゃつの額には、ケイロニアの王冠がのって燦然と輝いていた。きゃつは剣を手にして俺を見下ろしていた。俺は悟った——きゃつは俺をいつでも殺せたんだ、ってことを」

「……………」

「くそ、と思ったな。なんて、俺はグインになめられてるんだろう。なんて、甘く見られてるんだろう——だがそれも、俺がしょっちゅう、きゃつに甘く見られてもしかたねえように、餓鬼みてえにしかふるまってこなかったからなんだな……」

「陛下……」

「もう、大丈夫だよ、マルコ――俺はあの闇の底を抜け出してきたんだ。もう、俺は迷わねえ――決して、戻らねえ。怨霊どもなんか、どれだけ騒ぎ立てたところで知ったことか――きゃつらのうらみつらみなんざ、俺からみたら屁ほどの力もねえんだ。俺はもっともっとでかいことの出来る人間だ、そのはずだ――俺には力がある。そして、そいつが目一杯発揮されたら――必ず、グインにだって――いまよりは歯がたつはずだ……」

「は、はい……」

「おかしなことだな。――なんだかこの傷のあるかぎり、俺は――大丈夫のような気がするんだ。何があっても、俺はこの傷に手をあてて、グインのことを思い出すだろう。そのたびに、俺は思うだろう。俺とグインのきずなはこの傷だ。そして、こいつがある限り俺は大丈夫だ、って。――もう決して、アリの野郎の妄執なんかに闇の中にひきこまれたりしねえ。俺は何を恐れていたんだろう。ずっと、長い長いあいだ」

「………」

「この傷が、俺をグインに固く結びつけている――そんな気がするんだ。きゃつが、俺に、『お前はまだ餓鬼なんだ、小僧なんだ、わかったか、イシュト！』って、ひと鞭くれたみたいな――そんな気がする。それで俺ははじめて、てめえのやってきたことがみな、小せえ餓鬼が大人に駄々をこねてぎゃあぎゃあ泣きわめいてたみたいに見えてたんだろうなって思った――グインだけじゃねえ、カメロンにもだ」

「………」

「早く、イシュタールに帰ろう、マルコ。そして、すべてを新しくはじめるんだ。くそ、おかしな話だ。なんだかグインに新しく命を貰ったみてえな気がするんだ――おかしな話だな、きゃつは俺を殺しかけたんだっていうのにな」

この人は、この人なりに――ずいぶんと奇妙なやりかたではあるけれども、何かを《抜けた》のだ――

マルコはそう思った。そして、ある種の感慨にみちて、イシュトヴァーンの無精髭におおわれた顔を見つめていた。イシュトヴァーンの目は、煌々《こうこう》と輝いていた。そこには確かに、もう長いこと見たこともなかったような生気が漲《みなぎ》っているように、マルコには感じられたのである。

3

「これが、最期かな、グイン」

スカールが大声を出した。いまや、大声を出さなくては、まわりに燃え狂う業火のパチパチという音のせいで、まともに互いの声さえも聞こえぬようなありさまであった。

「どうかな」

グインは云った。が、特に大声にはしなかったので、スカールには聞こえなかった。しかしグインの口の動きで、充分にスカールはその意味はわかったようだ。

スカールはどかりと座り込んでいた岩の上から立ち上がった。

「これはたまらん。熱いな」

うめきながら云い、マントをつかみあげてそれではたはたとあおぐ。その精悍な、やつれた顔にはじっとりと汗がにじみ出ていた。

馬たちの狂乱はもはやとどめることは不可能なようだった。いかに訓練された草原の馬たちも、目の前に迫る炎をみて、なおかつその場でじっとあるじの命令を待っているだけの知性はない。狂ったように走り去ってゆく馬の数がしだいに増えてゆく——それにつれて、炎のなかに飛び込んで自らむざんな最期を迎える馬どもも増えてゆくのだ。草原の民は、すでに馬たちを御することをあきらめて、スカールのかたわらに戻ってきていた。中には、愛馬ともども、いまはこれまで——と覚悟を決めてか、炎の中に飛び込んでゆくものさえもいた。ことに、重傷者についで傷の重いものたちには、もはや生きのびることはどうあってもかなわぬ、ということが自ら知られたのだろう。手に手をとりあって炎に身を投じてゆくものもあれば、互いに差し違えるもの、自らを自らの剣で刺し貫いて果て、そのままその熱い岩の上にくずおれてゆくものもいた。

だが、それは、あまりにも静かな自決であり、滅びであった。当然、炎のなかに身を投じたものたちの口からは叫び声があがりもしたが、それをきくものたちももはや同輩の目の前での死にも動じてはいなかった。すでに、（おのれも、いくばくもなくあとを追うさだめ——）と、すべてのものたちがそう思い決めて覚悟をさだめたのだろう。

いのちのあるものたちは、おのれの愛馬を無理になだめて引きずってくるようにして、スカールのまわりに寄った。スカールの乗馬ハン・フォンだけはさすがに選びぬかれた名馬の血をひく聡明な馬だけあって、馬にはもっとも恐しい炎の襲撃にも、まだ恐慌に陥らずに耐えていた。だがひどく不安そうに、スカールによりそい、そしてやはり熱いらしくひっきりなしに足をあげて踏みかえている。スカールはその首をしっかりと抱きしめてやった。

「苦しいか、フォン」

優しく、その口に、小さな塩のかたまりを舐めさせてやりながら、スカールは囁いた。

「熱いか。恐しいか。可哀想にな――だが、案ずるな。もうじきすむぞ。俺もろとも、お前の仲間もろとも黄泉にゆくだけだ。心配するな。すぐすむ。すぐすむからな」

「……………」

グインは、何を思っているのか。

腕組をしてどかりと、相当熱くなって馬のみならず人にも耐え難くなってきているはずの岩場に座り込んだまま、なおも動かぬ。その目は、何を思っているのか、なんともはかり知りがたいあやしいトパーズ色のきらめきを宿しながら、じっと目の前の炎の乱舞にすえられている。

(あやつ――どこまで、肝が据わっているのか……)

スカールはちょっと苦笑した。そして、おのれの部の民どもをふりかえった。

「ひとかたまりになれ。アルゴスの黒太子スカールとその部の民、ここが終焉の地だ」

「太子さま！」

「スカールさま！」

男たちが、堪えかねてどっと嗚咽をもらす。すでに息も苦しく、熱気がのどを焼きはじめている。煙にせきこむものもすでにほとんど全員になりつつある。苦しそうに水をしきりと口にしていたものも、その水さえも熱湯になりつつあることにぞっとしたように手をはなし、仲のいいものどうし手をとりあい、身をよせあった。

「俺たちには火葬の風習はないが、こうして炎に焼き尽くしてもらえば無残な屍をさらすことはない。かえってそれで幸いだ。——先日のあのおぞましいゾンビーどものような、死んでからまでなお悪霊にとりつかれて恐しいありさまをさらすような醜態は見せずにすむぞ」

「太子さま……」

「長い——不思議なさすらいだったな。俺たちのこの——この人生は、この旅はいったい何であったのか……」

スカールは激しくせきこんだ。そしてマントで口をおさえた。炎にあおられ、燃えついた木の葉がすでにこのあたりまで飛んできはじめている。この辺りは岩場になっているので燃えるものが、すぐ下の森場よりは少ないとはいえ、草むらにはもうそろそろ、火のついた木の葉や火の粉が飛んできて、火がうつりはじめている。

「このようなところでこのような終焉を迎えるとは、いかな俺も想像もしておらなんだな。しかも、かの豹頭王とともに——」

スカールはなおも泰然と動かぬこと岩のごときグインの姿を見やった。その口辺に苦笑がわいた。

「本当はあやつだけはなんとかして、おのれのいのちにかえても助けたかったのだが——力及ばず。リー・ファ、まもなく、そなたのもとに行くぞ。長かったな」

「太子、太子！」

グインはすでに決して動かぬ、と見てだろう。

グラチウスはほこさきをスカール太子のほうにかえた。

「お前たちは気が触れておる！　本当にこんなところで、こんな下らぬことで死んでいいのか！　熱いぞ、からだが燃えるのだぞ！　さあ、わしについてこい。もうとにかく、なんでもかまわぬからわしについてこい。こうなればやむを得ぬ、まずお前たちだけでも安全なところに移して、それからさいごは力づくであの強情者の豹めを……」

「下がれ、魔道師！」

スカールは声を励ました。

「男児に二言なし！　豹頭王が動かぬからは、われらもここが一期！　下らぬ救いの手は無用！」

「お前たちは頭がおかしいのだ」

グラチウスは怒鳴った。そして、こんどは面倒とみて、いきなりグインのほうになにやら印を結んで、たぶん術をかけようとしたのだろう。

だが、とたんに、悲鳴をあげてとびのいた。グインの手のなかに、いきなり、青白く光るふしぎな光の剣が出現していた。

「何をする」

グラチウスは叫んだ。

「わしゃ、お前を助けようとしてるのだぞ。そのイヤな妖魔の剣を引っ込めろ。そいつがあっては、わしの魔道が崩れる」

「こやつで切られると確か、八百年の長きを生きてなかば妖魔と化したお前はけっこうあやういのだったな」

グインは落ち着き払って云った。そのたくましい胸にもうなじにも背中にも、汗がじっとりとわきだし、したたり落ち始めていたが、それでもグインは岩のごとく動こうとしなかった。その手に青白いスナフキンの魔剣だけが炎よりもひときわ明るく光っている。

「この、馬鹿者め！」

グラチウスは唸って空中高く舞い上がった。そして、なおもどうするか考えるようすだった。もはやグインもスカールも、またそれゆえ当然スカールの部の民たちも、まったくグラチウスの救出の手を受け入れようとせぬことは明確であった。それでもまだグラチウスは信じられぬようすで、なんとか二人の気持をかえさせようとかれらのまわりをぐるぐるまわりながら、言葉をつくして説得しようとしていたが、もう、グインも、スカールも、そのようなことばに耳をかたむけてさえいなかった。ごうごうとしだいに高く燃え上がりながらこちらに迫ってくる炎の音で、そんなことばさえも聞こえなくなっていたのだ。

「グイン！」

スカールがありったけの大声をあげて叫んだ。

「熱い、もう我慢できぬ！　俺はハン・フォンと行く。それではな！」

「待て」

瞬間――

グインが動いた。

グインの鉄のような手が、ぐいとスカールの手首をつかんで引き留めていた。

「我慢しろ。もうちょっとだ」

グインがスカールをひきよせるなり、耳にささやいた。スカールの目が大きく見開かれた。

「グイン。お、お前――」

「もうちょっとだ。どれほど熱くても短慮に走るな。このまま辛抱しろ。皆にもそう云え」

「グイン――！」

スカールはなかば驚きに我を忘れながらも、反射的にター・リーにグインのことばを伝えた。ター・リーも疑わしげにそれを次のものに伝える。次々とことばが伝わってゆく――部の民たちはうろんそうにグインを見つめ、スカールを見守った。いったい、この豹頭の男はこの炎につつまれ、絶体絶命のなかで何を考えているのか、と疑惑にたえかねたように。

「畜生」

いきなり、グラチウスが叫んだ。

「なんてことだ」

そして、ぽんと宙に一回転して消滅してしまう。その、次の刹那であった。

「わあッ」

すさまじい、喚声がスカールの部の民のあいだからあがった！

「あ――あ――」

「雨だあッ！　雨が降ってきたあッ！」

「大雨だ。大雨が！」

「奇跡だ！」

「モスが我々を憐れみ給うた！」

いきなり、頭上で雨の神ダゴンが巨大な水桶をひっくり返したとでもいうかのように
一天にわかにかき曇り——とは、このことか。
ざあっ——
「助かる。助かるぞぉ！」

——


叩きつけるような大粒の雨粒が落ちてきた。みるみるそれは全山を覆い尽くす豪雨となった。さながら滝のような勢いで、炎にたたかいをいどみはじめる——雷鳴がとどろいた。煙にくゆり、ほとんど黒くなりかけていた空は、たちまち墨を流したような暗さに覆い尽くされ、雨雲が天を覆い尽くした。

「こ——これは……」

このときばかりは、スカールも、馬たちも、そして部の民たちも、頭といわず、からだといわず、叩きつけてくる大粒の豪雨を全身で受け止めた。下からも、まわりからもあぶられ、熱してそれそのものが燃え出しそうなくらいになっていたからだが、瞬時に冷えてゆく。部の民たちは大きく口をひらいてその雨を口のなかに受け止め、むさぼるように飲んだ。馬たちも興奮の極に達して甲高くいななきはじめた。その声をふたたびとどろく雷鳴がかき消す。

「これ——は——！」

しのつく雨のなかを、スカールは仰天しながら、なおもどかりと座ったまま動かぬグインにまろび寄った。

「グイン。――グイン！」

「何だ」

グインの豹頭も、叩きつけてくる雨に洗われ、水滴が滝のようにその豹頭から逞しい肩へと流れ落ちている。その顔をぐいとこすってグインは目をスカールのほうに向けた。

「まさか、まさか――お前がしたことではあるまいな、こ、この雨は！」

「………」

「本当にそのようなことが出来たのだったら、お前は――お前こそ恐るべき魔道師そのものだ！」

「俺は魔道師でもなんでもない」

グインはそっけなくいう。さきほどは炎の乱舞に邪魔されてなかなか声がきこえなかったが、こんどはすさまじい豪雨とひっきりなしの雷鳴にさまたげられ、ふたたびグインの声は聞こえにくい。スカールはグインの濡れた腕をつかみ、声をはりあげた。

「なら、この雨は！」

「大火があれば上に熱された空気がのぼり、風がおき、雲が出来、雨が呼ばれる。それはこのような大火が必ず自然に鎮火されることの法則ではなかったのか？　いずれは必ず降るはずだった。ただ、それがいつやってくるかわからなかっただけだ。それに、この——この地区の、この山の火事については、かなり不自然なところもあったのでな」

「不自然——とは？」

「さきにいったはずだ。火のまわりが早すぎる。この火事はお前のたくらみではないのか、グラチウス、とな。——おそらくやはりそうなのだ。そして」

グインはようやくすっくと立ち上がった。びしょぬれになったマントを重たげにはらい、頭から足の先まで滝にうたれたように濡れそぼちながらも少しもひるむ気配もなく堂々と立ち上がる。そのまるで劇的な背景ででもあるかのように、暗くなった空にはたた神が激しくまたはためき、グインのその雄々しいすがたを、空を切り裂く稲光が照らし出した。

「俺は思っていた。——グラチウスはどうあっても我々を殺しては困るのだろう。だとしたら、さいごに折れるのはきゃつのほうであるはずだとな。案の定そうだった。——ぎりぎりまでの根比べ、おそらくもともと雨雲も動いていたのだろうが、ついにきゃつが折れたのだ」

「何——だと」

スカールは息を呑んだ。

「お前は、それを——グラチウスがたまりかねて、取引ではなく、どうあっても我々を殺すまいと雨を降らせる術を使うだろうと——それを予期してじっと待ち堪えていた、というのか。あの炎の近づくなかで」

「あの炎をおこしたのがグラチウスなら、消すことが出来るのもグラチウスであるはずだ」

グインは悠然と云った。ようやくその目の中に笑いめいた光がのぼってきた。

「簡単なことだ。ただ、とにかくこうなれば根比べだということはわかっていたからな。だが、いずれにせよ、何があろうと我々を殺しては困ると思うあいてのほうが、弱味がある。我々はどうあれ死ぬ覚悟さえさだまっていれば、どうなろうと同じことだ。——ついに、ようやく〈闇の司祭〉のほうが降参した。馬どもは気の毒をしたし——部の民にも、本当は、グラチウスがたまりかねて折れるまで、どんなに絶望的に思われても事態は実はまったく絶望する必要などないのだから、そのまま頑張っていろとなんとかして伝えたかったのだが、きゃつの前でそれをいっては逆効果になってしまう。どうしてもそれをうまくひそかに伝える方法はなく、気の毒なことをしてしまった」

「なん……」

スカールは一瞬、言葉を失った。

そして、まるで何か恐しいものでも見るようにグインを見つめた。それから、ふっと首をふって口のなかで何か呪詛とも、モスの聖句ともつかぬことをつぶやいた。

「なんという雨だ」

それから、うめくように云って、上を見上げたが、いきなり顔を叩きつけてきた豪雨にあわてておもてをそむけ、びしょぬれの皮マントをからげて少しでも顔にあたる雨をよけようとする。

あれほどすさまじく、何一つはばむものなどありえぬかのように、この勢いを止めれるものなど世界にただのひとつとしてない、というかのように燃えさかり、燃え狂い、確実な死として近づきつつあった炎は、いまや、豪雨とのあいだの猛烈な争いに移っていた。それはまさしく炎と雨との死闘、といってよかった。

炎は、突然のこの終焉を受け入れることをさからった。激しく身もだえし、よじくれながらあらがい、なおもなんとかして勢いをもりかえそうとする。それを、有無を云わさず豪雨が叩きつけ、圧倒的な勢いで押し流そうとする。山々のいたるところで火と水との宿命的なこぜりあいがくりひろげられ、そして、それはあるところではあっけなく火の神の敗北におわり、あるところではしぶとく抗戦が続けられたが、しかし全体としては、火の神には勝ち目がなかった。雨は風の力をもかりて、強引に叩きつけるようにして炎をねじふせはじめていた。ごうごうと燃え上がっていた炎が、下の大地や燃えていた木々が濡れそぼってくるにつれて、しゅうしゅうとくすぶりはじめ、黒煙がたちのぼり、そしてぷすぷすといぶりはじめる。まだ、その下のほうで、燃え残りのおきの下になった木々が燃え続けて、この豪雨のなかにさえ、ぽっぽっと真っ赤な炎をちらつかせていたが、そこまでいってしまえば、あとはもう、おのずとしずまるのを待つだけだった。

雷は二度、三度、くりかえして空を引き裂いた。まるでこの惑星《ほし》がはるかな遠い昔、活火山に覆われて出来上がり、生まれ出て、そしてそれがひっきりなしの雷鳴と驟雨とによって冷やされてしだいにこのような世界として出来上がっていった、そのあまりに遠い昔に戻りでもしたかのように、炎と、そして雷と、そして雨とが世界を覆い尽くした。もともとまだ火の勢いが勝利をおさめきってはいなかった山頂では、いまや、こんどは火の致命的な脅威にかわって、雨の神の威力が効果を発揮しはじめていた。

「これはたまらん」

スカールが怒鳴る。

「このままでは、骨の髄まで冷えてしまう。——どこか、洞窟をさがせ。雨よけの出来る洞窟を探せ」

「はッ！」

「負傷者たちは馬の腹の下でもいいから、とにかくどこかに身をよせあってしのげ。体温があまりに低下すると危ないぞ」

「は！」

「太子さま！」

ややあって、びしょぬれの、水死体のようなありさまになった騎馬の民が一人、かけもどってきた。走るたびに水をたっぷり含んだ皮の靴がじゅくじゅくと音をたてる。

「ありました。もう火の消えたちょっと下ったあたりの森だったところの奥に、小さな洞窟が」

「馬どもも入れそうか」

「ちょっと窮屈ですが、なんとかなると思います」

「行こう」

スカールは手をあげて同志たちを呼んだ。

「そこにとりあえず身をひそめよう。これはまた、今度は世界が雨に洗い流されてでもしまいかねぬ。──なんという雨だ。草原では、ついぞ見たこともない」

「みな、こごえかけています。太子さま」

「なんとかもうちょっとだけ頑張れ。かわいたところにいったら、とにかく火をたいてあたたまらねば──」

言いかけて、スカールは思わず皮肉そうに笑い出した。

「なんということだ。さきほどはあれほどたくさんの炎に囲まれ、ほんのちょっとでも水が欲しいと願っていた。今度は、天からの贈り物というべき水に打たれほうだいに打たれ、少しの火でもいいからぬくまりたいと願うとはな。なんと、人間というものは、かよわくも、わずかばかりのすきまでしか生きてゆけぬものだ。——まあいい、そんな感慨をしている暇はない。ともかくその洞窟とやらにいってみよう。も、雨のかからぬところに入れてやりたい。こうなると、あまりにからだを冷やすののほうがいいのちとりだ」

スカールは立ち上がり、愛馬ハン・フォンをいとしそうに撫でた。そのたてがみもぐっしょりと濡れそぼち、たくましいそのからだも寒いのだろう、かちかちと小さくふるえている。

「行くぞ。スカールの部の民ども」

スカールは声を凛と張った。びっしょりと濡れた黒いぼろのかたまりのようになっていたが、その目は何かふしぎな精気を取り戻して炯々《けいけい》と輝いていた。

「もうちょっとの辛抱だ。互いに肩をかし、助け合え。馬どもをまとめ、連れていってやれ。ライ・サン、案内にたて。皆、前のものを見失うな。——もうちょっとで、乾いたところにゆけるぞ。——その洞窟があまり狭ければ、たちまちのうちに、我々の持ち込む水で、その洞窟そのものが池のように水びたしになってしまうかもしれぬがな。それでも、焼けぼっくいになってここにころがっているよりは、何倍もマシというものだろう」

部の民たちは、まるで、おのれらが九死に一生を得たのだ、ということを忘れていたことにはじめて気が付いたかのように破顔した。

そして、かれらはこんどは海坊主のようにびしょ濡れになりながら、ライ・サンが発見した小さな洞窟をめざして、山頂を下りはじめた。あたりはいたるところ、燃え崩れ、黒こげになった生木の残骸と、燃え尽きた草やそのほかのものたち——なかには鳥の羽根の燃え残りや動物らしいかたまりもあって、それがもとは何であったのかを示していた——の灰の山がひろがり、それが雨に激しく打ち付けられてびっしょりと濡れていた。灰が雨にとけて流れだし、いたるところに黒いどろどろとした川のような流れを作っていた。空気にはまだ、きなくさいにおいと、そして強烈な雨のにおいがいりまじり、そしてかなり遠くなったけれども雷鳴はまだ、遠い空ではたはたと鳴り続けていた。

「先にたつものを見失うな」

スカールはさいごにハン・フォンの手綱をとって歩きながら声を張った。

「出来れば前のものの服のすそをでもつかんでおけ。この雨のなかで迷ったら、いのちにかかわるぞ」

「大丈夫です。太子さま」

あちこちから、返事があがる。激しく降り続けている雨のおかげで、すぐそこを歩いている仲間や馬のすがたさえもかすんでよくは見えぬ。スカールは、グインを気にしてふりかえった。グインは、黙ってスカールの反対側を、ハン・フォンのすぐとなりを歩いていた。

「なんということだ」

スカールは陽気に——もっとも、しだいに寒さが身にしみとおってきはじめていたので、歯をかちかちと鳴らしながらではあったが——叫んだ。

「火ぜめの次は水ぜめか。なかなかこのユラ山系というのは愉快なところだな。それに、どうやら、俺たちは命冥加にもあの業火のなかを生き延びたらしい。お前にしてみれば、当たり前の成り行きでわかりきっていたというのかもしれぬが、グイン。俺にとってはなかなかどうして、魂消た成り行きだぞ。まったくお前といると退屈せぬ。次に何がおこるかまったく予測不可能だからな。——とんでもないやつだ。本当は地上最大の魔道師というのは、お前のことなのではないのか？」

4

騎馬の民のライ・サンが見つけてきた、その小さな洞窟にたどりつくまで、半ザン以上かかった。

それは、なかなかに苦しい行軍であったが、辛うじて全員炎にとりまかれての焼死から助かった騎馬の民たちは一人も文句などいうどころではなかった。それにもまして、ずっと降り続ける雨に、寒さがからだのしんのしんまでしみとおり、歯をがちがち鳴らしてふるえながら励まし合って歩くのが精一杯で、とても余分なことなど云う気にもなれなかったのだ。

だが、その洞窟はありがたいことに入口の見かけよりも中がずっと広く、何よりもかわいていてあたたかかった。かれらは喚声をあげて飛び込んでゆきそうになったが、スカールがそこですばやく入口に立ちはだかった。

「駄目だ。ここでみな、まずは服の水をよくしぼって、服をぬいで入ってこい。その前に、ター・リー、お前が先に服をぬぎ、水をしぼって、そして奥に入って火をおこせ—

―火打ち石もすっかり濡れてしまったか？」

「なんとかやってみます。スカールさま」

ター・リーはいわれたとおりに、がちがち歯を鳴らしながら服をぬぎ、ぎゅっとしぼった。するとおびただしい水が髪の毛からもひげからも、服からもしたたり落ちた。しぼった服で、ター・リーはまだ歯をがちがち鳴らしながらからだをふき、そして裸のまま中に入っていって、懸命に火をもやしつける作業にとりかかった。さいわいにして、洞窟の中に、少しばかり風が吹き込んできたらしい枯れ草があった。

ター・リーが懸命に火をおこしているあいだ、次のものが数人、服をぬいで水をしぼり、入っていってかれを手伝った。ほかのものも、次々に洞窟の入口で水を含んだ服をしぼり、極力かたくしぼって水けをおとした。

「その布で、馬どもを拭ってやれ」

スカールは自分もまず率先して、服をぬぎすて、ぎゅっと力をこめて絞って、それでハン・フォンを拭ってやりながら命じた。

「面倒がらずに動け。そうしていると、火がおこらずともだんだんぬくまってくる。じっと濡れたままでうずくまっているのが一番よくない。怪我しているものも、少し無理でもいいから、からだを動かせ。濡れたものをぬいでからだをぬぐい、馬をこすってやり、からだを動かすのだ」

男たちは必死にいわれたとおりにした。馬たちもすっかりこごえきっていた。

「馬どもは、みなは洞窟にいれてやれぬな」

スカールは残念そうにいった。

「何頭、無事だった？」

「十五頭です、スカールさま。かなりやられました」

「人間もそんなものか？」

「いえ、人間のほうは、馬もろとも炎に入っていったのは——」

云った男は、云ったことで、その凄惨だった炎の地獄を思い出したのだろう。ぶるっと身をふるわせた。

「十人ばかりでした。怪我しているもの、してないものをあわせて、いま現在、二十六人がお供に残っております」

「そうか」

スカールはうなづいた。そしてまた、馬をぬぐってやるたびにびっしょりと水を含んで濡れそぼってしまうマントをぎゅっと力をこめて絞った。しかし、何回かやると、力つきてきて、重い吐息をもらした。それでも、かれは誰かにかわってもらおうとはせず、なんとか力の入らぬ手に力をこめて絞ろうとしつづけていた。

グインは、何もいわず、片隅で同じようにマントをぬぎ、からだをぬぐっていた。だが、それを見ると立っていって、ひょいとスカールからそのマントを取り上げた。スカールは抗議しようとしたが、グインがそのたくましい手で力任せにしぼると、おびただしい水が地面に流れおちた。グインはそれで、馬ではなく、まずスカールの髪の毛や背中を拭ってやった。

「こういわれるのはスカールどのの本意ではないかもしれぬが、怪我人たちはまだしも、スカールどののいまのからだにとっては濡らして冷やすのはすこぶるよくなかろう」

グインは他のものにあまりきこえぬような低い声で云った。スカールがちょっときっとなってグインを見る。

「スカールどのの馬は俺が面倒をみよう。さいわい火がどうやら燃え出しそうだ。スカールどのはとにかく火のそばにいってからだをあたため、休めることだ。もう相当、無理に無理をかさねてきている——かえってなまじな負傷者たちよりも、気力でなんとかこれまでもたせてはいても、スカールどののほうが参りきっているだろうと俺は思うぞ」

「余計なお世話だ、豹」

むっとして、スカールは云った。だが、その指摘は本当だった。さしも強情我慢のスカールもそのことはわかってはいたので、うなり声をあげて、もう一度グインが思い切り強く絞ってから手渡した衣類を手にもって、のろのろと洞窟の奥に向かった。その後ろ姿は、必死にとりつくろって気力でなんとか指導者としてもたせてはいるものの、もう、スカールの体力がつきはてて、ぶっ倒れてしまう寸前だ、という真実をむざんに物語っていた——というより、もとより、重い宿痾《しゅくあ》におかされた身で、この恐しい試練の数々をここまでなんとか切り抜け得たことそのものが奇跡に近かったのだ。

ター・リーのほうはようやく、悪戦苦闘のすえになんとかかわいたそだに火打ち石の火をうつすことに成功していた。火が燃えついて、しだいに大きくなってゆくと歓声があがったが、一方では、あのすさまじい炎の悪夢を思い出したのだろう、思わずそのせっかくのぬくもりからあとずさってしまうものもいた。また、馬たちはひどくうろんそうであった。

「問題は、燃やすものがもうあんまりないことです、太子さま」

ター・リーは近づいてきたスカールを見上げて云った。

「外はどこからどこまでぐしょぬれだし、この洞窟のなかにあったそだや枯れ葉はたまたま風がこのなかに吹き寄せたものみたいで、それを全部かき集めてしまってこうやって燃やしても、あとにつづくもっと太い薪だのはありませんから……」

「そうだな……」

スカールはつぶやくようにいった。だが、そのまま、小さなささやかな焚き火のかたわらにくずれるようにうずくまってしまった。

「大変だ」

騎馬の民たちが口々に叫んだ。そして、スカールのまわりにむらがった。

「太子さまが」

「静かにしてやれ。スカールどのは、疲労困憊の極限をこえてしまわれたのだ」

グインはいつのまにか、洞窟の奥に歩み入ってきていた。スカールを見下ろして、そのようすを見守りながら云う。

「おからだをとにかくあたためてあげることだ。お前たちも寒かろうが、スカールどのの手足、背中などをさすってあたためて差し上げろ。また、負傷者には同じように、なるべくあちこちさすってあたためるようにしてやり、そのあいだに衣類をなんとかしてかわかして、少しでもかわいたら身につけてなるべく体温を取り戻すようにすることだ。あまり気色のいいものじゃないだろうが、何人かでぴったりとよりそいあっておのれの体温で温めあうのもいい。食べ物や酒のあるものは少し口にすると元気がつく。——それに、いらぬ衣類、というようなものはないだろうが、もしあったら、それを火にくべて少しでも燃やすものを作ってはどうかな。もっとも、濡れたまま火にくべると、煙が出て、洞窟のなかが惨憺たることになるかもしれんが」

「は——はい」

「ともかく、スカールどのはかなり実際には弱っておられる——相当危険なくらいに弱っておられると俺は思う。もし、酒をもっているものがいたら、飲ませてさしあげ、とにかくちょっとでも体温をあげてやることだ。病には、冷えるのがもっとも悪いだろうからな——しかもその前にはあれだけ極端にあたため——というか、炎にあぶられていたときている」

グインは面白くもなさそうに苦笑した。

「じっさい、あぶられたり冷やされたり、これではからだもたまったものではない。そうやって少しぬくまってきたら、ちょっとでもいいから休んで、かわるがわるに眠ることだ。だが体温が低下しすぎないよう、たがいによりそいあって——当面は、たがいの体温だけが頼りだと思って我慢してくっつきあっているのだな」

「は、はい。グインさま」

「ついでに何か少しでもかまわぬので、食糧があったらひと口だけ俺にわけてくれんか」

「あ——はい」

あわてて、一人が、おのれの腰につけていた携帯食糧の干し肉を差し出した。それも袋ごとびしょ濡れになっていたので、中の肉は逆にかえってもう干し肉ではなくなり、濡れそぼってやわらかくさえなっていた。それに添えて、別のものが、小さな水筒を差し出した。グインはそれを礼を言って受け取ると、それを持って、また洞窟の入口のほうへ戻っていった。

「グイン――さま――？」

「お前たちはスカールどのと負傷者の面倒をみてやっていてくれ。俺はちょっと、この洞窟の奥に入ってしまっておもての状況がまったくわからぬというのが、あまり気持がよくないので、入口で張り番をつとめている」

「しかし……グインさまもお疲れでは……」

「案ずるな。お前たちよりも、体力はずっとあるつもりだ」

グインはまだ濡れているが、一応水けをしぼれるだけしぼったマントをかかえて、洞窟の入口にゆき、そこでさんざんみなが衣類の水をしぼったのでそこだけ泥沼のようになっている入口近くを避け、外に近いところまで出て、干し肉をゆっくりと噛みちぎってひと口づつ、しみじみと噛みながら外を眺めた。

外はまだ暗いままで雨はやんでいなかったが、いくらか小降りになってきており、遠い山の端のほうにはいささかの明るさも見られるようになっていた。それに、雷鳴のほうはもうすっかり終わっているようで、もう空をいきなり荒々しく切り裂く稲光は見あたらなかった。ここは、山頂より少し下ったところにあったし、入口のところもちょっと低くなっていたので、もう、そこからだと、山々を覆い尽くしていたあの業火がどうなっているかは、見晴らすことは出来なかったが、いくら耳をすましても、あの恐しいパチパチパチ――という音は聞こえなかったし、煙も流れてくるようすはなかった。グインはさらにひと口、干し肉を嚙みとり、しみじみと嚙んでは飲み込んだ。そうしていると、たったひとつかみの干し肉だったのに、驚くほどのうまみと、そして命のみなもとのようなぬくもりがわきあがってくるようだった。ごく素朴な作り方のたわいもない干し肉だったが、ひと口ごとにひろがる滋味は、この世でこれまでに味わった最高の珍味、とさえ感じられたし、それに、おのれが生きている、ということをこれほどにしみじみと実感させてくれるものはなかった。干し肉と一緒に渡された水筒を口にあてると、強い酒が口に流れこんできた。それもまた、雨に冷え切ったからだをかっとあたためてくれる最高の効果をもたらした。

グインはじっとするどいトパーズ色の目で雨におおわれている目の前の世界を見回した。それから、からだがかなりあたたまってきたのに力をえて、思い切って雨のなかにまた、マントを頭からかぶりながら出ていった。とたんに、ちょっとだけ小降りになったとはいえ相変わらず激しい雨の音が彼を押し包んでしまった。

（火の神の次は雨の神――か。まことに、大変なことだ）

グインはまた、せっかくかわき、あたたまりかけたからだが雨に濡れて冷えてゆくのに歯を食いしばりながら、山火事のようすが見られるところまで出てゆこうかとしかけた。だが、さっと足をとめ、身構えた。

「スナフキンの剣はなしだよ」

雨中から声がするなり、もやもやとそこにもうお馴染みの黒いかたまりがあらわれた。そしてそれは、しぶい顔をしたグラチウスのすがたになった。

「じっさいあんたほどずる賢い、悪賢い豹は見たこともない」

グラチウスは、おのれのまわりだけ、まるで目にみえない傘ででもおおわれているみたいに、雨からすっかり守られていた。ひょいと彼がしわぶかい手をのばすと、グインの周囲にも、ふいに雨がとどかぬ、目に見えない天井ができた。

「かぜ、ひくよ」

仏頂面でグラチウスはいうと、ぱちんと指を鳴らした。とたんに、グインは思わず歯をむいて唸った。その、目にみえぬ天井と壁で仕切られた、雨の降り込まなくなった空間のなかに、いきなりほわほわとあたたかい空気が流れこんできたのだ。

「おい」

「心配しなさんな。わしは、今回もあんたにゃ、すっかりお手上げで降参してるんだから」

グラチウスは不平そうにいった。

「そのマントを貸してご覧」

「何だと」

「いいから、早く」

ひょいとグラチウスが、手をのばしてグインの皮マントをひっつかんだ。次の瞬間、皮マントは一回も水に濡れたことなどなかったかのように、よくかわいた、やわらかくてしなやかな状態にもどっていた。

「さあ、早くそれを着て。すっかり、からだが冷えてるんだろうからね。そして、話をちゃっちゃとつけて、あの黒太子の面倒をみにいってやらないと、あっちは危ないよ、本当にさ」

「……………」

「なんだよ、怖い顔をして。もう、ええじゃろうが。確かにお前さんのいったとおり、わしが根気比べに負けたんだよ。だから、あんたが何も云わなくても、ちゃんとこうして雨を降らせて助けてやったじゃないかね。この降雨の魔術というのもなかなか大がかりなものなんでな。ことに、これだけの大雨となると、ダゴン三兄弟神の領域に踏みこむわけじゃから、けっこういろいろと大変なことになる。このていど降ってくれればもういいよ、とか、このあたりだけに降ってくれればとか、そういうわけにはゆかないんだよ。――まあ、一応、最初から、あんたが折れてくれたときのために、術の用意はしていたんだが」

「……………」

語るに落ちたな、というように、グインは素っ気なく、グラチウスを見やった。だが、ずっとびしょ濡れのまま歩いていた状態から、はじめてあたりがきもちよく乾いていて、身につけているものもここちよくかわいてあたたかい状態になるのはまた、悔しくともえもいわれぬほどにここちよいものだった。

「スカール太子のほうは、なんとかして突っ張ってはいるけれども、本当はもう、いつことされてもおかしくないような状態なんだよ。それはもうぬしもうすうすわかっているだろうがな、豹頭王よ」

「……………」

「もともとが、あれだけの宿痾にとりつかれて、わしの霊薬によってなんとかもたせているいのちなんだからさ。それを、このごろ、あいつは阿呆にも、あんたにふきこまれたかそそのかされたかして、わしの霊薬をなんとかあまり飲まずにいようとつとめていたからな。もともとそうでなくても相当弱っていたんだよ。そこへもってきてあの火と水と雨だ。――もう、二度と立ち上がれないくらい弱ってしまっていても何の不思議もない。さあ、とにかくわしを洞窟に連れていって、そしてスカール太子の看病をさせてくれることだね。何もあやしむには及ばないよ。何も要求もしないし、何の見返りも欲しいなんぞとは云わないから。最初に、ノスフェラスから草原に戻って死にかけていたときの太子を診察してやったときと同じように」

「………」

「もう、わしの手の内なんかすっかりお見通しなんじゃろ？　だったら、わしが、北の豹と南の鷹を会わせ——それもおぬしの記憶が戻った状態で会わせてどういう《会》がおこるか、それに望みをかけているんだ、ってことは知っているはずだ。だから、わしが、いま、スカール太子をこんなところで、死なせてしまうわけにはゆかぬ、と思っているんだ、っていうこともだ」

「………」

「まだ、疑ってるのか？　本当に本当に疑り深い豹人だな！」

グラチウスはおそろしく長々しい嘆息をもらした。

「まったく、あんたほど騙しにくく、おまけにぬけめのないやつというのはこの世界にそうはいないだろうよ！　その点だけでもおぬしは世界有数の存在といわれてしかるべきだよ。だが、今回は本当だよ。というより、おぬし自身のことならともかく、スカール太子のからだのことだからの。おぬしがどう思ってもしかたないよ。わしが診てやらねば、太子はこの場でせっかく炎から助かったいのちを落とすだろうし、わしが診てやればまだなんとか多少はもつだろうよ。まあ、いずれにせよもうあと天寿を全うするほど長く生きられる、っていう見通しはまったくあるまいけれどもね。気の毒ながら、あれだけ無茶ばかりしていてはな」

「………」

「知りたければ教えるが、もう山火事はどこでも鎮火しつつあるよ」

グラチウスは不平そうにいった。

「そこまでやらなくてもいいかとも思ったんだが、とにかくわしの誠意を見てもらおうと思ってね。それでこんなに広範囲に降雨の魔道を使って、雨雲を呼び集めたんだから――わしだって相当疲れたんだよ。だのにこうして、ちゃんとスカール太子の面倒を見に来てやったのじゃないかね」

「………」

「それにもうひとつ、親切に教えてやるが」

グラチウスはずるそうに云った。

「おぬしがひどいことをした、ゴーラのイシュトヴァーン王も、どうやら地獄の入口から無事に引っ返してきたようだよ。いっときは本当に危なかったんだけれどもな。――だが、きゃつはおのれの根性でなんとか早すぎる無念の死から復活してきた。あれは確かに、わしは何ひとつ介入する余地はなかったなあ。ちょっと感心したね。あの男の生きることへの執着の強さというか、生命力の強さにはね」

「イシュトヴァーンが――そうか」

「それには、やっと反応したとこをみると、あんたも、あいつのことは何かと気になってたまらぬらしい」

　グラチウスはやっと満足げになってにやりと笑った。

「まあ、昔馴染みだしねえ。それに、まだまだこの先いろんなことがあるだろうからな、あいつとおぬしとのあいだにはな。まだまだそう簡単にはあいつは死なないわさ。なにせもとが若いし鍛えてあるから、どうやらあやういところを脱した、となるとあとはもう、けっこうさくさくと回復して、ものの十日くらいもしたらもうけろりとしてそのへんを歩く——いや、自分の馬で平気な顔して走り回っておるじゃろ。ま、まだ笑ったりのびたりちぢんだりしたら、脇腹がだいぶん痛みはするだろうけれどな」

「もういい。わかった。消えろ」

「あいた。なんてことをいうんだ。だから、スカール太子の面倒をみてやる、といっているじゃあないか。——なあ、これは本当だよ。わしはいまは、太子に何か魔道をかけようなんて気力もないし——降雨の大魔道を使いきったあとで、体力も使いはたしておるでね。それに、何も太子に悪意もなければ、もう何のたくらみもないよ。とりあえず、あの炎の山のなかで、おぬしをまた手にいれそこねたからには、当分はわしゃ、ただ大人しくしてるよ。——ケイロニアの救援軍にだって、ちゃんと引き合わせてやるよ。もう、こっちへ向かうように、トール将軍にだって伝えてあるんだよ」

「何だと……」

一瞬、グインは微妙にひるむのをこらえた。

グラチウスはひどく興味深そうにそのグインを見つめたので、グインはまたみごとに無表情をとりもどし、トパーズ色の目でグラチウスを見つめ返した。

「大丈夫、まだ数日じゃあここまではたどりつかないと思うがね。だがイシュトヴァーン軍は、ともかくも、イシュトヴァーンが最低限の元気をとりもどしたら、いったんトーラスに戻ってモンゴール反乱の事態を収拾してから、一刻も早くイシュタールに戻ろう、という方針をかためるだろうからね。それほどもう、あんたを追っかけてくるだの、ユラニア全土にあんたをとらえよという命令がまわされるだのということはおそれなくてもよくなったと思うよ。イシュトヴァーンも生死の境い目でいろいろなことをあれなりに考えるだろうしな。あいつはこれでかなり変わるとわしは思うね――わしがのぞいて見ていたかぎりでは、確かに何かの変化が起きると思うよ、あいつの心の中には」

「いつか、そののぞき見趣味で身をほろぼすことになるというわけだな。〈闇の司祭〉」

グインはそっけなく云った。一瞬の動揺はもうすっかりどこにも見あたらなかった。

「俺はお前を信じてもおらぬし、あてになどむろんしてはおらぬ。雨を降らしてくれたこととても、礼をいおうとは思わぬぞ。あのままでいれば、我々は死んでいただろうし、お前はそれが、お前のほうの利害からみて不都合だったからああしただけのことなのだと思うからな。だから、礼をいう理由はない」

「ああ、ああ、なんて尊大な豹だ。いいとも、礼をいってもらえるなど、期待しておりませんからねーだ」

グラチウスはとてつもなく長い舌を伝説のババヤガのように突きだしてひらひらさせた。それは引っこ抜いてやりたくなるような長い舌だった。

「だが、それはそれとして太子どのがお前の手当を必要としている、というのはたぶん残念ながら本当だろう。そのかわり、おかしげなことをしたらその場でスナフキンの剣を鞘走らせることになろうから、それだけは心しておけ。——わかったな」

「相棒を助けて貰おうというのに、こんなに威張っている奴というのは見たことがないよ」

グラチウスは、こっそりと天にむかってささやきかけた。そこに、グラチウスの相棒でもがひそんで聞き耳をたてている、とでもいうかのように。

それから、大きく肩をすくめて、だいぶ小降りになったものの相変わらず降り続いている雨のなかを、目にみえぬ小部屋もろとも歩き出した。もっとも例によってそのからだは宙に浮かんでいたのだが。

「さあ、行こう。手おくれになってるかもしれないが、とにかくたとえゾンビーになっていたとしても、わしがついていれば、死ぬことはないよ。わしが、そいつに生きていてほしい、と思っているあいだはな」

ずるそうに、グラチウスはまた、「ヒョヒョヒョヒョヒョ」という笑いをもらした。

「スカール太子もまた元気になるだろうよ。大人しくわしのあてがった薬をさえ飲んでいてくれればな。あんたからも、ちゃんと飲むように説得してくれ。ここで、やみくもに命を捨てたところで、何にもいいこたあないじゃあないかね。じっさい、草原の男というのはああ強情だから困ってしまうよ。おお、やっと少し雨がやんできたな」

あとがき

栗本薫です。というわけで、「月刊グイン・サーガ」第三弾として、「グイン・サーガ」百二巻「火の山」をお送りいたします。

いや、なかなか派手な巻で（笑）実になんというか、映画的と申しましょうか、最初から最後まで派手じゃのう、という感じでございますが（笑）でもとりあえず、いろいろな意味で、九十四、五巻くらいから続いてきたひとつのエピソードは、ここで一応一段落している、ということになっております。百巻ではまったく区切りがつかず、百二巻になってなんとかおさまった、というのもなかなか皮肉な話ではありますが、まあそんなものかもしれませんねえ。このあとがきを書いているのは二〇〇五年、今年のゴールデンウィークの真っ只中の五月一日ですが、きのうでとりあえず「グイン・サーガ百巻イベント」のオンパレードだった四月も終わり、私もなんとなく、多少なりとも静かな日々に戻れたようです。きのうは衣替えをしましたし、おととい、連休初日にはかるくお買い物にいってきたし、まあこのあと、連休後半にはちょっといろいろ予定が入っているのでそうそう静かな日々とはいかないかもしれませんが、ともかくも四月の大騒ぎとはずいぶんと様相の違う五月でいられるはずだと思っています。四月はねえ、「百の大典」のライブも含めて、ライブ三本に、サイン会三回、それにインタビューはいったい何本あったのかなあ、久々になんか「よく働いた」という感じがしましたもんねえ。それにSFマガジンに久々に短篇（「グイン・サーガ」外伝『鏡の国の戦士』第二話「闇の女王」）も書きましたし、なんか三月から四月にかけて、忙しかったなあ。これでやっと一段落というところです。

まあねえ、たまにこうやって忙しくなるというのは悪くないと云うか、こういう仕事をしているわけですから、いつもいつも同じペースでだけ淡々とやっている、というわけにゆかないのは勿論のことですが――三回のサイン会については、十六日の有楽町三省堂、十七日の秋葉原書泉ブックタワー、そして二十二日の池袋リブロと、いずれもたくさんの皆様においでいただき、久々に嬉しいことでした。また、書泉、リブロともに（三省堂は聞くの忘れた）サイン会をした当日の状況で百巻「豹頭王の試練」が「ベストテン一位」の状態にあったのが、何より嬉しかったというか、面目をほどこした、という気分だったですね。

そのあとでJR西日本のあの凄惨な脱線事故があってイベントの夢もさめてしまうような感じで、「百の大典」でいただいたお花はとっくに枯れ、それからサイン会のたびにいただいた花束も順々に枯れ、ついに二十二日の、さいごのサイン会でいただいたお花も、けさ一番もった蘭類を処分して、もうお花がなくなったので、ひさびさに花屋さんで花買ってきていけました。毎回イベントや公演があるたびに、この「お花の推移」でなんとなく「ああ、また時が流れていったなあ」という気分になるんですねえ。ワークショップの弟子たちに百巻お祝いに頂戴したミニバラの小さな鉢四つも、花はすっかり散ってしまい、一つの鉢は枯れてしまったけど、のこり三つが元気で葉っぱをしげらせているし、「百の大典」のときには、場所も桜の名所千鳥が淵近くの九段会館とあって、まさに満開の桜が散りかかる花吹雪のなかでの大典となりましたが、その桜もすっかり散って、葉桜になって、いまやつつじが満開のゴールデンウィークとなっています。ほんとに、時の神だけはとどまるということばをまったく知らぬようです。

四月はそんなわけで、うらうらとイベントやって過ごしてしまったのですが、百二巻のゲラをやって、「さて、次にかからなくちゃあ」という気分になって参りました。いや、じっさいに私が書くのはこんどは百四巻ですが、「大変、のんびりしてたら追いつかれる」という気分に（笑）なってきたんですね。まったく「月刊」というのは強力です。百三巻まで書いた時点では、「これで当分大丈夫だな、ストックあるな」と思っていたんですけど、いつのまにか、というかあっという間にもう「あと一巻」しかストックなくなっちゃった。これだからねえ（笑）

でも、とにかく、百というひとつの通過点をこえて、まだまだこれから、という感じで話のほうは驀進してゆく最中のようです。そして、この五月というのは、私にとってはなかなかメモリアルな月になりそうで――四月が「グイン百巻の月」だとしたら、この五月は「天狼パティオにさよならの月」になる予定だからです。もうあちこちで、たぶんあとがきでも云ってるかと思いますが、この五月三十一日をもって、ニフティのパソコン通信のパティオサービスは終了する予定で、一九九五年九月一日に、「グイン・サーガ」五十巻記念ミュージカル「グイン・サーガ炎の群像」のパブリシティを主たる目的として発足したこの「天狼パティオ」も、同時にあしかけ十年の歴史を終わることになります。そう、この十年っていうのは、「五十巻から百巻まで」の旅でもあったんですねえ。

まあこれはパソ通とは無縁のかたにはかかわりのない、ややプライヴェートなお話なのかもしれませんから、あまり展開はしませんが……そのかわりに、ちょっと宣伝させていただきますと、「終わるものもあれば、はじまるものもある」ということで、この四月に、私、「浪漫倶楽部」という同人誌発行の活動を開始しまして、四月に栗本薫の個人同人誌「浪漫之友」創刊号を刊行しました。こののち、最初のうちは季刊、つまり一年に四回のペースで、主として通販でお申し込みいただいた皆様のお手元に直接お届けする予定ですが、コミケなどでも一応販売はしますし、冬コミあたりではそろそろ増刊号も出したいな、などと思っています。さいわいたいへん順調に定期購読を申し込んでいただいておりますので、うまく回転しはじめれば来年には隔月刊に、出来ることなら月刊にしたい、という壮大な夢を描いて「フルハウス」のあとがまとして「浪漫之友」を創刊いたしました。内容は豪華書き下ろし連載三本立てに、それぞれのメイキング、それにエッセイというかコラム三本つきという、なかなか頑張ってるつもりのものですが、ただしヤオイです(^^;)ですから、ヤオイ苦手なかたには申し訳ないんですけどね。ただ、とにかく雑誌「ＪＵＮＥ」ももはやないいま、「本当にやりたいことをやる」場所は自分で作るしかないかな、というのがいまの私の考えです。まだまだ出したいものは山のようにひかえてますし、さらにいま現在もどんどん書いてますから、ネタが切れる心配は全然ないという、とてつもない同人誌です。御興味おありのかたは、私のサイト「神楽坂倶楽部」で詳細をごらんいただいて、そちらからお申し込みいただいてもいいですし、直接天狼プロダクションにお問い合わせいただいてもよろしいですし、また、左記に直接お申し込みをいただいても結構です。一年分のお値段二千八百円で四冊の「浪漫之友」がお手元にとどきます。なかなかこてこての、いまどきＢＬでは読めないハードコアなヤオイ満載でお送りしております（笑）ぜひ、お申し込み下さい。

「浪漫之友」定期購読申し込み受付先

郵便＝〒162－0805東京都新宿区矢来町109　神楽坂ローズビル3F
（株）天狼プロダクション「浪漫倶楽部事務局」係
メールアドレス＝BWA14307@nifty.com
郵便番号・住所・氏名・電話番号・購読開始希望号を明記してお申し込み下さい。
郵便の場合は、返送先をご記入のうえ八十円切手を貼った返信用封筒を同封して下さい。

などという宣伝は宣伝といたしまして、ともかく三ヶ月連チャンが無事終了して、また次から隔月ペースに戻りますが、丹野さんにもとってても頑張ってもらっちゃいました。「百の大典」では、初代の加藤直之さん、二代目天野喜孝さんと現在の丹野忍君、三代目の末弥純さん以外の三人のイラストレーターさんがお揃い下さって、いろいろ面白い話もきけましたが（私は着替えてたりしたので舞台の袖から半分くらいしかきけなくて残念だったけど、その半分でもすごく面白かった）本当に百巻というのは「歴史」なんだなあ、という気持がしますねえ。某Gブックについていろいろと「残念でしょう」といって下さるかたもおいでになりますが、正直負け惜しみでもなんでもなく、けっこうどうでもいいです、私（笑）そちらが認定しようとしなかろうと、百巻をこえるこの物語が、エベレストのように屹立している、という事実はもう誰にもかえることは出来ないのだと思いますから。というか、「百巻」という事実の前には、もうこまかなことや、ささいなことはほんとにどうでもよくなっちゃったな、と思います。「グイン・サーガ」は、私の人生をもずいぶんと結局のところ変えていってくれたようです。
ということで、百二巻の読者プレゼントは、原島和男様、吉越あずみ様、佐多由子様の三名様に差し上げます。次は二ヶ月あいちゃいますけど、くれぐれも申し上げますけど「そっちが本来の姿」ですからねっ（^^;）（^^;）「月刊でないなんて、長すぎる」って云わないで下さいね（^^;）なんぼなんでも個人で書いていて月刊でってのは……やっぱできないだろうなあ。まあ私も次の百三まで書いて、まる一ヶ月以上あいちゃいましたもんねえ。百三巻書き終わったの、いま調べたら二月二十四日だったので、二ヶ月あいたんですね。そろそろ私もグイン・ワールドに戻りたくなってきました。では、次はええと……八月にお目にかかれますね。そうか、この次の楽しみは「１１１巻」の並び番かしらん（笑）ではまた次巻で！

二〇〇五年五月一日（日）

神楽坂倶楽部 URL
http://homepage2.nifty.com/kaguraclub/

天狼星通信オンライン URL
http://homepage3.nifty.com/tenro/

天狼叢書の通販などを含む天狼プロダクションの最新情報は、天狼通信オンラインでご案内しています。

これらの情報を郵送でご希望のかたは、長型 4 号封筒に返送先をご記入のうえ 80 円切手を貼った返信用封筒を同封して、お問い合わせください。（受付締切等はございません）

〒 162-0805 東京都新宿区矢来町 109　神楽坂ローズビル 3F
（株）天狼プロダクション情報案内グイン・サーガ 102 係